Fan
ファン文庫

ワケアリ結婚相談所
しくじり男子が運命のお相手、探します

著　鳴海澪

CONTENTS

プロローグ

「君なんて知らない」

「あたしは知ってるわよ。佐藤タカユキさん」

掠《かす》れた声でつっぱねようとする男を、彼女は鼻で笑った。

睨む男と、堂々と立ち向かう女の視線が火花を散らし合う。

（ちょっと……なんだこれ？）

穏やかな時間が流れる喫茶店の、そこだけ殺気が立ちこめるのを感じて、大和田大輔《おおわだだいすけ》は知らず知らずのうちに息を詰めた。

仕立てのいいスーツ姿で立ちすくんだまま顔面蒼白になる男に、彼女はたたみかける。

ピンヒールの踵が、拍子を取るようにかつんと鳴る。

「もう何年も前だからあたしのことなんて忘れたかもしれないわね。あたしも随分変わったし」

ふふっと含み笑いをしながら彼女は派手にカールした髪を揺らす。

「でもね、金を貸した男の顔は忘れない。悔し涙にくれながら毎日あなたの顔を思い出してたんだもの」

静かな店内に彼女の声はやたらに響く。

「な、なにを言っているんだ？　君は」

男の声がひっくり返って、視線から落ち着きが失われる。

「だから、お金を返してって言ってるの。そうそう、あなた、あたしの友だちからも借りてるでしょう。二股してたのをあとで知って、さんざんだったわ。彼女の分も合わせて百万、きっちりいただくわよ」

「訳がわからない」

顔を歪めて必死に抗う男の傍らに立つ、連れの女性が男の上着の袖を引く。

「……タカユキさん……ねえ、どういうこと？」

どうやら彼は佐藤タカユキという名前らしく、男の連れの顔には本物の動揺が走っている。だが金を貸したと主張する女性は攻める手を止めない。

「借金の保証人をした友人に逃げられて困ってるなんて話を、うっかり信じた自分の馬鹿さ加減に呆れていたけど、会えてよかったわ。やっとあのときの貸しを返してもらえると思うと、ほんと、嬉しい」

「え？　保証人って……まさか……」

連れの女性の顔に、何か思い当たるような色が浮かぶ。

「知らない！　とにかく、俺はあんたみたいなケバイ女は知らない！　よってたかって言いがかりもいい加減にしろ！　頭のおかしい奴らの相手なんかしてられるか！」

僕から俺に言葉使いが変わった男は、乱暴に吐き捨てると背中を向けて歩きだす。

「ちょっと、キャリーを忘れてるわよ」

からかうように呼び止めた彼女を睨み付けた男は、怒りなのか羞恥なのかまっ赤な顔でキャリーケースをひったくると、逃げるように大股で戸口に向かった。

「乱暴ねえ……」

くすっと笑った彼女はトドメのように声をかけた。

「いくら頑丈が売りのブランド物のキャリーでもニセモノじゃあ、そんなに引っ張っちゃ壊れるわよ！」

一瞬足を止めた男は、開けた扉にぶつかるようにして外に出ていった。

周囲の控えめなざわつきに大輔は身をすくませるが、男を追い詰めた彼女はまったく気にならないように、心配そうに遠巻きに見ている店のスタッフに軽く頭を下げた。

「座って」

辺りが関心を失うと、彼女は連れに置き去りにされた女性をもう一度座らせた。

呆然とした顔で機械的に従った女性を見届けると、彼女は自分の席からバッグを持ってきて向かい側に座る。

「余計なお世話と思うでしょうけれど、他人に簡単にお金を貸しちゃ駄目よ」

先ほどまでの切っ先の鋭い口調とは打って変わって穏やかな言い方だった。

「……あ……私は……あの人とは……」

「あの男は詐欺師だからね」

優しい口調だけれどきっぱりと言い切る。

「そんなことは……ありません。私はちゃんと理由があって貸しました……お金を取られているわけじゃないです」

か細い声で言いはる女性に、彼女は案外優しい目をする。

「まあ、そう思いたい気持ちもわかるけどね」

そう言いながらバッグから名刺を取り出した。

「家に帰って、あなたがあの男に出会ってから、彼のために使ったお金を思い出せるだけ、一円残らず書き出してみなさい」

「え……？」

「結構使ってると思うわよ」

困惑する女性にかまわず、彼女は話を進めていく。

「家族や友人のために急に入り用になったっていうまとまったお金だけじゃなくて、食事代とか、映画や美術館の入場チケット代、ちょっとしたお茶代とか、コンビニで買ってやったジュース代も全部、書き出しなさい。その理由もね」

「理由？」

不思議そうに女性は首を傾げる。デート中に金を払う特別な理由なんてないだろうと、そばで聞いている大輔も思う。

だが彼女は自信ありげな様子を崩さない。

「そう、たとえばちょうど小銭を切らしているとか、出がけにうっかり財布を忘れたとか、そういう理由よ」

「あ……」

思い当たる節があるように女性の頬がぱっと赤くなったが、彼女は深追いせずに名刺を手渡す。

「桜沢竜子《さくらざわたつこ》さん……？」

名刺を渡された女性が呟く。

「私の言うことが納得できたら、ここに来てみるといいわ」

（サクラザワタッコ……頼りになりそう）

聞こえてきた名前を頭の中で復唱し、その響きの華やかさと力強さに大輔はそんな感想を抱く。

女性がまじまじと名刺と彼女の顔を見比べるのを眺めていたものの、これ以上すること はないのに大輔は気づく。

もう自分ができることはないし、ここにいるのも気詰まりだ。

伝票を手にレジに向かうと、カツカツというヒールの音が追ってきた。

「ちょっと、あなた、待ちなさい」

振り返ると揺れる胸が視界に飛び込んできて、大輔は少し仰け反った。

いくら踵の高い靴を履いていても、身長で自分と張り合う女性には滅多に会ったことがない大輔は、その迫力にも気圧された。

「は？　あのなんでしょうか？」

大輔の手から伝票を奪うと、桜沢は自分の分と合わせてさっさと金を払ってしまった。

「あの、ちょっと……」

「ついてきなさい」

面食らう大輔にそうひとこと言って、彼女はさっさと外に出る。

「ついてこいって、どういうことですか？」

だが彼女は、大輔がついてくるのを疑っていないように後ろも見ずに歩いていく。ヒールの高さが七、八センチはあるが、まるでスニーカーを履いているような足捌きだ。

（いったいなんだよ……今度はなにが始まるんだよ）

半分うんざりしながらも、どうせ暇だと思い直す。いまさらなにが起きてもびっくりしないだろう。

興味半分、諦め半分で、今さっき出会ったばかりの桜沢竜子のあとに従った。

運命の出会い

春うららか――。

大和田大輔は窓越しに差しこむ光の温かさと一緒に、淹れたてのコーヒーの香りを堪能する。

雰囲気に合わせ、ちょっと気取って目を閉じた。

広々とした間取りの静かなカフェに流れるBGMはボリュームを絞ったピアノ曲。題名はわからないけれど、どこかで聞いたことがあるその旋律は耳に馴染《なじ》む。

窓から見える八重桜の花びらがときおりはらりと風に舞う。

（八重桜の色合いはまさに和菓子の道明寺《どうみょうじ》だな。ソメイヨシノは花びら餅って感じかなあ）

たわいもないことを考えながら平日のまっ昼間にこんな優雅な時間が過ごせるなんて、すばらしい――ただし、三十一歳で無職ということを考えなければ。

まがいものの平穏から目覚めて窓の外を行く人たちを眺めながら、彼らはどこへ行くのだろう、自分のようなニートもいるんだろうかと、ぼんやりと想像する。

もっとも世田谷区民が秘かに誇る高級住宅地、成城《せいじょう》の界隈では、明日のことを心配するような人はあまりいそうもない。

今だってカフェでお茶を飲んでいるのは習い事の帰りらしい小ぎれいな奥さまグループに、英字新聞を広げる垢抜けた年配男性。

大輔に背中を向けて座っている女性はカールの派手なロングヘアが周囲の客とは違和感があるものの、艶々としたシャンタン織りのブルーの上着は高級そうだ。しかも髪の毛を撫でる指のネイルは凝っていて、それなりに金のかかっていそうな身なりだった。

通路を挟んだ隣の席の、しゃっきりしたスーツ姿の壮年男性と、同じ年頃の真面目そうな女性のふたりは仕事の話でもしているのだろうか。

（俺ってもしかして、すごく浮いてる？）

もしかしなくても衿元の汚れたワイシャツにしわくちゃのスーツ姿の自分が、十分場違いなのはわかっている。それなのにこんな高級そうなカフェに入ってしまったのは、妻からときどきこの辺りの話を聞いていたからかもしれない。

正確には元妻だが。

――グランマはお友だちとのランチはいつも成城なんですって。静かで落ち着くらしいわ。

元妻の菜々子《ななこ》は、有名会社役員の〝パパ〟と専業主婦の〝ママ〟、歳の離れた高級官僚の兄夫婦に溺愛され、資産家で都会的な祖父母をグランパ、グランマと呼ぶような育ちだった。

気性の荒い鳶《とび》職の父と、若い職人たちを顎《あご》で使ってきた母の間に生まれ、祖父《じい》ちゃん、祖母《ばあ》ちゃんと言って育ってきた自分とは端《はな》から人種がちがう。

大輔の祖母は友人と亀戸《かめいど》天神をお参りしたあと、くず餅屋でおしゃべりするのが常で、生まれてこのかた、カフェなんて入ったことがないかもしれない。

菜々子との恋に心を奪われていたあのとき、ほんのわずかでも冷静になっていれば、違う選択があったような気がしてくる。

ロミオとジュリエットの時代から禁断の恋こそ燃えるという。学生時代に出逢った大輔と菜々子は周囲の猛反対を押し切り、駆け落ち同然に結婚した。

そのときいっさいケチをつけずに祝福してくれたのは、高校時代からの友人の安念典親《あんねんのりちか》だけだった。

（あいつは坊主だし、何事もなるようにしかならないと、達観しているのかもしれないな）

実家の寺の跡継ぎとして今は僧侶になり、独身主義を標榜《ひょうぼう》する友人の娑婆《しゃば》っ気の抜けた表情を思いかえす。

だがその典親でさえ、大輔がひとり娘の親権も養育権も妻に渡して離婚したときには、言葉を失っていた。

——いいのか？

やっとそれだけを言った典親に返した笑顔は引きつっていたはずだ。

（いいも悪いもそれしかなかったんだよなあ……）

コーヒーに手もつけず、今から二ヶ月前に始まり、あっという間に終わった離婚までの怒濤《どとう》の日々を、大輔は暇に飽かせて思いかえした。

＊

その日、仕事から自宅マンションに戻ると、妻の菜々子は留守だった。

どうせ実家に戻っているのだろう。

結婚してちょうど一年後に娘の香奈《かな》が生まれると、義両親は孫娘を溺愛し、それまでの不仲が嘘《うそ》のように瞬く間に菜々子と関係を修復した。

香奈が生まれてから五年経つが、当初は月一回だった里帰りは二回になり、三回になるのはあっという間だった。今ではもう菜々子は実家の万里《までの》小路《こうじ》家に入り浸りになっている。

大輔の稼ぎでは分不相応なこのマンションも菜々子の父からの援助だ。

もちろん大輔が望んだことではなく、万里小路家の孫が治安の悪いアパート住まいでは心配だと言って、強引に押しつけられただけだ。

新婚のときに菜々子とふたりで選んだアパートは最寄り駅からは遠いものの新築で、周囲に緑も多い静かな住宅街にあった。

（ニューヨークのダウンタウンじゃあるまいし、治安が悪いってなんだよ。俺が菜々子をそんな危ない場所に住まわせるわけないだろう）

だが菜々子自身が嬉々として香奈を連れて、大輔にろくな相談もしないうちに父の薦めどおりマンションに引っ越したのだからお手上げだった。納得がいかないまま大輔は後追いのように、菜々子の父のマンションで暮らすしかなかった。

（結婚するときはけっこう無理していい物件を借りたんだけど、菜々子には物置に毛が生えた程度に見えていたのかもな）

ため息を押し殺した大輔はリビングの灯りをつけて、上着も脱がずに四人がけのテーブルにぽつんと座る。

　すぐにテーブルの上に置かれた封筒に気がつき、嫌な予感がこみ上げてくるのを抑えながら手に取った。

　中から引き出した便箋には、見慣れたきれいな楷書で無慈悲な通告がしたためられていた。

『大輔さん
　両親と何度も話しあった結果、やはり香奈にはできる限りのことをしてやろうと決めました。それが親としての私の務めであり、なにより香奈の権利でもあるはずです。あなたが理解してくれない理由はどうしてもわかりませんが、香奈の将来を優先させることが最善だと思いました。
　今後のことは、万里小路の父がお世話になっている弁護士を通じてご相談します。
菜々子』

　便箋の間に挟まっていたらしい弁護士の名刺が、かさっとフローリングの床に落ちた。

「あ、そうですか」

　名刺を拾いあげて大輔は乾いた声で呟《つぶや》いた。

　心のどこかで予感していたのだろう。胸の痛みは鈍かった。

「おふくろが言ってたのって、こういうことか……なるほどね」

　結婚前に菜々子に会った母は、至極真面目な顔で大輔に言った。

『おまえ、大学まで出たくせに、釣り合わぬは不縁の基ってことわざも知らないのかい？あんな根っからのお嬢さまとあんたが結婚なんて。蓼科《たてしな》の別荘で過ごしたような娘さんと、近所のプールで涼んでいたおまえが、一時の情熱で一緒になってどうするのさ。無謀だね』

『いつの時代の話をしてんだよ、母さん。明治時代じゃあるまいし、今は身分ちがいとかないから』

そう言い返したあの頃が今では懐かしい。

たしかに大輔は奨学金とバイト三昧で大学の授業料を賄《まかな》っているような苦学生だった。それに引き替え、大学までエスカレーターの有名お嬢さま学校出身の菜々子はブランド物をスーパーで買った日用品のように使い、一ヶ月間毎日ちがう洋服を着ているような娘だ。

だがそれが嫌みにならない自然な品のよさで、大学生にはいきすぎた贅沢《ぜいたく》も「菜々子だからね」で許されていた。肌理《きめ》の細かい白い肌と艶のある黒い瞳を持つ恵まれた容姿も、彼女の特別扱いを後押ししたのかもしれない。

だからといって菜々子は気取っていたわけでも、高飛車だったわけでもない。自分が狭い世界しか知らないことを自覚して、附属の大学に行かず、わざわざ共学の外部大学へ進学してきたぐらいだ。誰とでも話し、なんでも面白がっていた。

――大和田くんと話すのって異文化交流みたいで、楽しい！

初めてふたりきりで話したときにこぼした桜のつぼみが綻《ほころ》ぶような笑顔に、大輔はあっという間に恋に落ちた。

百八十センチのすらりとした長身に彫りの深い顔立ちが人目を引く大輔と、お嬢さま然とした菜々子のふたりは、お似合いのカップルとして学内でも有名で、教授連公認とまで言われたぐらいだ。

それまで大輔は自分のことを、冷静で恋愛感情に左右されないと分析していた。実際高校時代からそれなりに女の子には人気があったが、特別な好悪の感情に振り回されずにいた。だが思いもかけずに燃えあがった恋の炎は熱く、ふたりの生活を変えるほど激しく燃えあがり続けた。

大学を卒業して三年、証券会社の営業の仕事も軌道に乗った大輔はそろそろ結婚してもいいだろう、と考えた。というかこれ以上待てなかった。

自分の子どもでも、働きだせば一人前と考える母が反対するとは想像もしていなかった。

訳知り顔で恋心を見透かされても気恥ずかしいが、まるで自分の息子が劣っているような言い草にはカチンときて、言い返す口調が尖った。だが母は息子の怒りを鼻であしらい、哀れむような目つきをした。

『おまえがお嬢さまより劣るなんて言ってない。大切なものがちがうって言ってるだけだよ』

『なんだよそれ。いい大人が他人と同じ価値観なんて珍しいだろう。父さんと母さんだっていろいろちがうじゃないか』

母の迷いのない口調にわずかに胸がざわついたが、あえて邪険に言い返す。

酒癖のよろしくない父は、酔うと母に絡むことがよくあるが、母は一歩も引かずに言い返す。

三歳ちがいの兄と大輔は、ふたりとも両親の喧嘩に巻きこまれながら大きくなった。どうひいき目に見てもおしどり夫婦ではないが、いまだに夫婦としてやっている。

考え方がちがっていても、夫婦として成り立つことは母が一番よく知っているはずだ。

『価値観なんて、そんな小難しいことじゃないんだよ。毎朝昆布の佃煮で米を食べていた男と、デパートのクロワッサンを食べてた娘じゃ肝の据わった夫婦にはなれないってことさ。悪いことは言わないからやめときなさい』

『佃煮とクロワッサンを交互に食えばいいだけだろう。むしろ、ちがう食生活を楽しめて世界が広がるって考えればいいじゃないか』

『そういうことじゃないんだけどね。まあ、こればっかりは親子でもどうしようもないやね。おまえも大人だ、恋をするのに親の許可なんていらないさ』

仕方がないと言いたげに首を振り、福々しい顔を曇らせて深いため息をついた。

『とりあえず、結婚したらあのお嬢さんを連れて家には来ないでね。場違いったらありゃしない。ふたりだけでせいぜい頑張ればいいよ』

母のため息とつっけんどんな言葉の真意がわかったのは、娘の香奈が生まれてからだった。

菜々子は自分にそっくりな娘のために湯水のように金を使いだした。

ベビー服はどれもこれもブランド品。ベビーカーも、赤ん坊の頭上でくるくる回るかわいらしいメリーも外国製の、垢抜けたデザインだ。

最初のうちは大輔も、我が子にいいものを与えるのは当然だと深く考えなかった。

だがあるとき不意に、自宅にあるものが高級品ばかりだと気がついて、すーっと血の気が引いた。

数ヶ月しか着られないのに数万円はするベビー服に、オモチャ。子ども仕様の洒落た食器にオーガニック綿のタオルに離乳食。

いったいどれぐらいの金がかかっているのだろうか。

二十七歳男性の平均年収よりは稼いでいる大輔だったが、その金遣いでは到底この先、やっていけない。

（やばい――）

慌てて確認した家計用の貯金通帳は通常の引き落とししかなく、それがいっそう大輔を不安にさせた。

「菜々子、ちょっと教えてくれ。香奈のベビー服とかオモチャは君の貯金で買ったのか？」

「ちがうわよ」

高そうなベビーベッドで眠る香奈の寝顔を飽かずに見ていた菜々子が、なんでもないことのように答える。

「パパが香奈に好きなものを買いなさいって、クレジットの家族カードをくれたの。大輔さんはなにも心配しなくていいわ」

そのときの気持ちをなんと表現すればいいのか、今でもよくわからない。常套句《じょうとうく》だけれど、雨にも負けず風にも負けず、そして通勤ラッシュにも負けずに会社に行っている自分の価値が根底からひっくり返された。

自分は家族を十分に養えない男だと思われているのか。

足もとが揺らぐ錯覚に耐えながら大輔は妻にあたりまえの意見をする。

「なあ、菜々子。俺たちはもう子どももいる一人前の大人なんだから、金銭的なことで親に頼るのはとりあえずやめるべきだよ」

「大丈夫よ。パパが好きでやっていることだもの。気にしなくてもいいのよ」

「そうじゃなくてさ……他人の金で香奈に贅沢をさせるのはよくないってことだよ。香奈は俺たちの娘だろう？　俺たちができる範囲でやればいい」

大輔にすれば一足す一より簡単でまっ当な理屈だった。けれど菜々子は黒い目に本当に不思議そうな色を浮かべた。

「どうして？　パパは他人じゃないわ。それにこの先、香奈に必要なことをさせるには、どうしたってパパにお願いしないといけなくなるもの」

「必要なことってなんだよ」

声が尖らないようにするのが精一杯だった。

折に触れて怒声が飛び交っていた大輔の家とはちがい、菜々子は相手の口調が荒くなっただけで驚いてなにも言えなくなる。

だが必死に自分を抑える大輔の気持ちを察することもなく、菜々子は笑顔をこぼしながら愛娘の将来を語りだす。

「ベビーリトミックはそろそろやらせたいの。リズム感と体のバランスは小さいときから育てておくと、感性が豊かになって将来的にいいんですって。三歳になったらピアノにバレエはやらなくちゃね。ピアノは私が昔から教わっていた先生にお願いしようと思っているの。バレエはお義姉さんがいいお教室を知っているっていうから、そこを紹介してもらうつもり。香奈は大輔さんに似て手足が長いから、きっとバレエに向いているはずなの。あと英会話も必須よね。ママは外国に行ったときのために、お茶もやらせたほうがいいっていうけれど、正座でしょう？　小さいときから正座しないほうがいいんじゃないかしら。大輔さんはどう思う？」

おっとりとした口調ながら淀《よど》みなく話す菜々子に、大輔はあ然として返す声が掠《かす》れてしまう。

「どうって……あれもこれもなんて無理だ。だいいち自分のやりたいこともはっきりしない子どもには負担が多すぎる」

「平気よ。だって私もそうだったもの。子どもは自分の可能性に気づいていないんだから、それを芽吹かせるのが親の役目なのよ。やってみなくちゃ好きか嫌いかもわからないでしょう？」

ことなげに言って、ふんわりした笑顔を浮かべる妻が不意に他人に見え、大輔はこのとき初めて、菜々子と自分のちがいを意識した。

親が必死に稼いだ金で子どものためにしてやることの価値よりも、両親からもらったお金で与えるチャンスに価値があると考えている。

――おまえがお嬢さまより劣るなんて言ってない。大切なものがちがうって言ってるだけだよ。

母のため息が聞こえる気がした。

どうしてこれまで気がつかなかったのだろう。

いや本当はこのマンションに引っ越してきたときから、うすうす気がついていたのに見ないふりをしてきたのだろう。

菜々子が実家といい関係を取り戻すため。祖父母にかわいがられるのは香奈のため。

自分が少しだけ我慢して譲ればいい。

そんなことは、自分が納得するために、こじつけた理由にすぎない。

――ふたりだけでせいぜい頑張ればいいよ。

あれは母親の精一杯の忠告だったのだろう。一度明け渡したテリトリーはどうやっても戻ってこない。

この五年、香奈のことでずっと菜々子とはすれちがってきた。

洋服にしても、習い事にしても、実家の手を借りるのではなく自分たちのできる範囲でやるべきだという大輔に、菜々子は日頃のおっとりぶりからは考えられないほど頑固に反論してきた。

——あなたは娘の可能性を奪うの？

——どうしてパパの援助を受けることがいけないの？　できることはしてあげるのが当然でしょう？

——あなたのせいで香奈の将来が変わってしまうかもしれないのよ。それでもいいの？

何度話しても平行線だった。

自分が子どもの頃に与えられたものを当然のように香奈にも与えようとする。それが叶えられない子ども時代など、菜々子には不幸としか考えられない。

結婚生活はふたりで築くのが当然で、そのためには親も子どももそれなりに我慢するべきだ。なにもかも充足することなどあり得ない。補いあって初めて家族になると主張する大輔を、菜々子は異星人を見るように見返してきた。

「娘にチャンスもやれない無能な父親はいりませんってことか……蓼科の別荘と近所のプールは、やっぱり釣り合わなかったな……」

たったひとり取り残されたマンションで大輔は無様な自分を嗤《わら》った。

こうして万里小路家の老獪《ろうかい》な弁護士に手も足も出ないまま、大輔は菜々子と離婚した。

娘との繋がりを断つように養育費も体よく拒絶され、香奈に関する親としての権利は月一度の面会だけという結果に終わったとき、大輔は三十一年間生きてきた全てを否定された気持ちになった。

どんな努力も愛情も〝金〟には勝てない。

すくなくとも菜々子の住む世界ではそうだった。たぶん彼女が悪いわけではなく、いみじくも母が指摘したように『大切なもの』がちがっただけなのだろう。

運命の相手だと一度は信じた菜々子を、ましてや香奈の母である彼女を悪く思ったり、憎んだりはしたくない。

大輔はともすれば湧き上がってくる憎悪にも似た失望を必死に押し殺した。

だがそれだけで気力が尽きたのか、それまで普通にできていたことをこなすのに、大変な力がいるようになった。

毎朝起きて、仕事にいくのがとてもつらい。

だが、離婚をしたからといって、仕事をしなくていい理由にはならない。真面目な大輔は、表面的には何も変わらない顔で会社へ行った。

働きだせばなんとかなるだろうと思っていたが、ときどき足もとがぐらつき、目の前のことに集中できなくなった。

営業先で笑顔を作るのが難しくなり、無理をして笑うと、胸のあたりが締め付けられるように痛んだ。

(俺、どうしたんだろう……どこか悪いのかな?)

自分でも考えられないミスが続き、とうとう年配の顧客からクレームがついた。

——担当してもらっている営業の大和田くんを変えてくれないか? なんだかぼーっとしていてねえ……。そのうち大きな損失を出しそうで怖くて頼めないよ。

長年取引のある上客の意見に、大輔はすぐに担当を下ろされた。

同期の中でも群を抜く成績を上げていた大輔の信じられないミスに、周囲はざわついた。

——やっぱり、離婚がこたえてんじゃないのか?

——大和田、すごい愛妻家だったからな……。

——スマホの待ち受けも奥さんの写真だったぞ。あいつ、とろけそうな顔で見せてきたもんな。

——働き過ぎによる家庭崩壊か? 俺たちも気をつけないと。

同情と好奇心の入り交じった視線をはねのける体力も精神力も尽きていた。

(誰のために働いてるんだっけ? 残業までして稼いで何があるんだ……?)

仕事へのモチベーションを失っていたことに気がついたらもう、頑張ることができなくなった。

大輔の稼ぐ金は、妻と娘のいない今は何の意味もない。

けっきょく庶民の頑張りなど、富裕層にとってはカマキリの斧ほどにも役に立たないってことだ。

（つまり俺はカマキリだな。雌カマキリに食われちゃいました……なんてな）

菜々子をカマキリだなんて思ったことなど一度もない。なのに、そんな品のないことを考える自分のすさみぶりに愕然としたとき、ふと天啓が閃《ひらめ》く。

「そうか、もう俺ひとりだから会社に行かなくてもいいんだ。ラッキーじゃん」

マンションから移り住んだアパートの部屋で、薄い壁に向かいそう言った大輔は翌日には退職届を出していた。

菜々子との将来ために少しでも条件のいいところを探し、就活しまくって入社した会社だったが、もうどんな価値も感じられなかった。


「仕事やめてきた。しばらくやさぐれることに決めたから」

一ヶ月後、仕事の引き継ぎを終えて本当に無職になったその足で友、典親の実家の寺、梅真光院《ばいしんこういん》に立ち寄ったのは昨日のことだ。

本堂の裏に自宅がある典親の家には高校時代から何度も足を運んでいるが、立て続けの情けない知らせにさすがに気が重い。

だが、離婚報告には度肝を抜かれた顔をした典親だったが、今度は穏やかな表情で迎えてくれた。

「そうか。お疲れさん」

玄関先に立ったままで短い労《ねぎら》いを受けたとき、大輔は鼻の奥が激しく痛み、瞼《まぶた》が痙攣《けいれん》した。

菜々子が家を出ていったときには鈍かった痛みが激痛になって、心臓を直撃する。

予感していたからショックではない——それはただそう思いたかっただけだった。

本当は理不尽な出来事に納得していなかった。

菜々子と出会ったのは運命だと思った。

大げさではなく、辺りを温かくする太陽みたいな女性だった。今でも彼女以上の人に会えるとは思えない。

だからこそ、菜々子と自分の城はふたりだけで築きたかった。誰の手にも触れさせたくなかった。

それが間違いだったとは、どうしても思えない。

菜々子と香奈を自分の手で幸せにしたかったのにできなかったのはどうしてだろう。

なぜ家族を続けることができなかったのだろう。

他人ができていることを、自分はなぜできないのか。

ずっとそう悩み、辛かった。

考えまいとしてきたことが、いっきに噴き出してくる。

だが大輔の目から涙がこぼれる前に、典親はさりげなく背中を向けてくれた。

「じゃあ、今夜は飲むか。明日朝起きしなくていいもんな」

自分よりは頭半分ほど背が低く、身体つきも細い典親の背中が大きく見えた。

たぶん自分はこの背中が見たくて、今日ここに来たのだと思う。

親にも見せられない弱みを受け止めてくれる友人が、心底ありがたく、甘えようと決めて典親に勧められるままにその夜はしこたま飲んだ。

そして今日、陽が高くなってから目が覚めると、腹の上にタオルケットとメモがあった。

『勤行《ごんぎょう》があるから声をかけなくていい。洗面所もシャワーもいつもどおり適当に使え。部屋にいるのは全然かまわないが、メシは外で食え。以上』

高校時代よりは数段うまくなったボールペンで書かれた文字を大輔は感慨深く眺めた。

僧侶という仕事柄、写経などで毛筆を練習しているのかもしれない。

高校時代は同級生に恋して授業中も浮かれまくり、坊主になってからも競馬がやめられない男だが、ちゃんと責務は果たしている。

とりあえず仕事の邪魔をするのだけはやめようと決めて、洗面所を借りたあと皺だらけのスーツのまま外へ出る。

新入社員が会社に馴染むことに一所懸命なこの季節に、行き先がないのは心許なく、足もとがふわふわした。

(これがやさぐれ第一歩か)

妙に落ち着かない足を踏みしめながら次なる『やさぐれ』を考えた。

(やっぱりギャンブルかな。パチンコとかさ)

真面目にやさぐれる方法を考える滑稽さに気がつかずに、大輔はATMで一万札を二十枚引き出す。

自分にしては大金だけれど、この先使う当てもないし、数年間分の退職金もわずかだがもらえる。

（全部使っても、誰も俺を責めない！　行くぞ！）

自分に発破《はっぱ》をかけて、駅前のパチンコ店に乗り込んだ。

大和田家の男は基本的に賭け事が好きだ。

大輔もうんと小さい頃から祖父の膝の上で、花札を教えられた。もっとも母が「お金をかけたりしないでくださいよ」と釘をさしたので、きれいな絵札を使ったただの遊びに過ぎなかったけれど。

大輔が二十歳になるのを待ちかねていた祖父に、成人後、何度か競馬には連れて行かれたが、パチンコは学生時代に一度やったきりだ。

昨日も十年以上ぶりに、騒々しさに気圧されながら台の前に陣取った大輔は、ほんの十分程度で千円分の玉を打ちつくす。

（すごい……やさぐれ感満載）

奇妙な興奮を感じて玉を補充すること数回。ほぼ一時間後には一万円がきれいになくなっていた。

（すごいけど……なんていうか……虚しい）

最後の玉が釘を伝わってころころと台の向こうに消えたとき、大輔は深いため息をついてから外に出た。

一万円あれば、香奈の好きな苺ババロアが山ほど買えた。ＣＭの謳《うた》い文句ではないが金では買えないプライスレスな笑顔が見られるのに、なにを馬鹿なことをやっているのかと切なくなった。

夫婦ではなくなっても親子であることには変わりがない。

香奈だってこんな父親はいやだろう。

こうしてやることも思いつかないまま電車に揺られ、気がついたときには大輔は成城のカフェにたどり着いていた。

昨日、典親がなにも言わなかったのは、きっと大輔に堕落しきることなどできないと踏んでいたからだろう。

自分でも気づいていない本質を見透かされたことが、なんだか気恥ずかしい。

(俺っていろいろ中途半端で駄目だ……)

「駄目だなあ」

内心の呟きがいきなりリアルに聞こえてきて大輔はぱっと辺りを見回した。

(もしかしたら一連のショックで頭がどうかなってしまって、知らぬまにひとりでしゃべっていたのか？)

「本当に、自分でもそそっかしさに呆れるよ。君へプレゼントがあったのに、慌てて出てきたから忘れてきた。ごめん、今度必ず持ってくるよ」

もう一度聞こえてきた声の方向に視線を向けると、隣にいるスーツ姿の男の声だった。

向かい側に座る女性は少し頬を染めて男を見つめている。

「ううん……私はあなたの元気な顔を見られればそれでいいわ……それより急に帰国って何があったの？　さっき空港から電話してるって言うから驚いたわ」

（仕事の話かと思ったけど、遠距離カップルか）

聞くともなく聞こえてくる声を聞きながら、大輔は隣のふたりの関係を推し量った。

「友人の会社がちょっとまずい状態で、至急相談に乗ってくれって言われて急いで戻ってきたんだ」

「そうなの……大変ね」

癖のない髪を揺らして女性が気遣う目をした。

化粧の薄い小さな顔に派手さはないが、生真面目そうな表情に好感が持てた。

「友人のためだから別に大変とは思わないんだけれど、ケイマン諸島から日本への直行便がないからね。乗り継ぎの飛行機の便が合わなくていらいらしたよ」

「疲れたでしょう」

「まあね、でも君に会えて元気になった」

完全に恋する瞳の女性の様子に、菜々子があんな目で自分を見てくれた遠い昔を思い出して、大輔は懐かしいような哀しいような気持ちになる。

「これからお友だちのところへ行くんでしょう？　時間は？」

名残惜しげに時間を確認する彼女に、男が眉根を寄せる。

「もうそろそろ行かなくちゃ駄目なんだけど……実は焦ってて、金もカードも忘れてきちゃって……本当に自分の駄目さ加減に呆れるよ」

肩をすくめる仕草がわざとらしく見えて、大輔は本能的な不安を感じ耳をそばだててしまう。

「友人に言えばもちろん貸してくれるけれど、会社が大変なときに逆に面倒をかけられないしなあ……」

芝居がかった調子で嘆息する男の顔をそのまま横目で観察した。

年の頃なら三十代半ば、なかなか目端の利きそうな顔立ちだが表情は爽やかで、イケメンの部類に入るだろう。襟足のすっきりした短めの髪が、エリートらしい雰囲気を醸し出している。

足もとの高級ブランドロゴ入りのキャリーケースは本人の申告どおり空港から直行したふうだし、高級そうなスーツといい、王冠マークの腕時計といい羽振りはよさそうだ。

「今、少しならあるけど、いくらくらい？」

紺色のバッグから女性が財布を取り出したとき、大輔はできの悪い芝居を見ているような尻が落ち着かない気分になる。

（なんかこういうのってドラマでよく見かけないか？）

パイロットだが急なフライトを命じられて金が用意できていない、とか、実は国際スパイだが明日から国外に行くのにとりあえずの金がないとか、傍から見るとばかばかしいそんな理由で女性たちが金を巻き上げられるシーンに似ている。

(いや、そういうのはドラマだし、普通はないよ)

根拠もなく湧き出てきた疑惑を自分で打ち消そうとしても、うまくいかない。

(……さっき言っていたケイマン諸島ってのもミステリーで資金隠しと言えば必ず出てくるあの夜警国家の？　……うさんくさっ)

腋《わき》の下から冷や汗が出そうな気分で大輔は隣のカップルに意識を集中してしまう。

そのとき、女性の財布を見ないようにして、不自然な角度でコーヒーカップを持った男の左手のワイシャツがめくれて腕時計が剝き出しになった。

(あ……あれって……)

自分もコーヒーを飲むふりで大輔は男の時計をもう一度確かめる。金も権力も、ついでに妻もないが視力だけはいい。

(あれ、ニセモノじゃないかな。なんだか全体的にデザインがもっさりしてるし、文字盤がペラい)

もちろん断定はできないが、だてに万里小路家のご令嬢を妻にしていたわけではない。元義両親はもちろん、菜々子も同じブランドの時計を持っていて、何百回と見た。

何時だったかそのブランドの時計をした大学時代の友人に会ったあと、菜々子が「あれはニセモノだったわ、騙《だま》されたのね」と気の毒がっていた。

そのときに聞いた偽造品の特徴にかなり当てはまっている。

ますます怪しいが、だからといってどうこうできるわけでもない。でも目の前で、正確には目の横だが、人が騙されているかもしれないのを見るのは気分がよくない。

パチンコで一万円失うよりもっとへこみそうな気がして大輔は席を立とうとした。

「あ、すみません」

背後から水を運んできた若いウエイトレスが、急に立ちあがった大輔に驚いて身体を引く。大輔が謝ろうとする前に、彼女は通路脇に飛び出していたキャリーケースに躓《つまず》いた。

キャリーケースが鈍い金属音を立てて横倒しになる。

「あっ――すみません、すみません」

新人なのかまっ赤な顔をしてぺこぺこと頭を下げたウエイトレスは、奇跡的に落ちなかったコップを載せたトレイを持ったまま、ひょいと片手でキャリーケースを元に戻した。

帰る機会を逸した大輔は仕方なくもう一度腰を下ろす。胸の中のもやもやは何故かいっそう募るばかりだ。

「……で、これで足りるかしら？」

話の続きのように隣の彼女が一万札を二枚差し出したとき、大輔は違和感の正体に気がついた。

（あのキャリーケース、もしかして空？）

中を透かすように大輔は銀色のキャリーケースを見つめる。

急いで出てきたといってもケイマン諸島とやらからの旅荷物は、それなりの重さになるはずだ。躓いたぐらいで転がったり、女性が片手で軽々と起こせたりするようなものではないだろう。

だいいち現金もカードもないなら、どうやって飛行機に乗ったんだ？

百歩譲ってチケットを先に購入していたにしても、空港からここまではどうやってきたんだ？

この男の言っていることは突っ込みどころだらけ。

たった今帰国したなんて大嘘もはなはだしい。

ものものしいキャリーケースもまがいものらしい時計も、女を騙す小道具だと考えれば腑《ふ》に落ちる。

「それがね……友人のために急いで手配しなくちゃならないものがあるから、百万持ってくるつもりだったんだ」

疑惑が徐々に確信に変わる大輔の耳に決定的な言葉が聞こえた。

「百万……？」

さすがに驚く彼女に、男が「まったくね……」と意味のない相づちを打つ。

「とりあえず五十万……、そうだなあ三十万あれば一時は乗り切れるんだけれどね。わかっているのにもどかしい」

「三十万でいいの？」

身を乗り出す彼女に、大輔は自分のほうがどきんとする。

百万円から三十万円に下がれば随分安くなった気がするが、三十万円なんて大金だ。もしパチンコで三十万円すってしまったら、しばらくの間は死にたくなるはずだ。

それなのに彼女はほっとしたような顔で、財布からキャッシュカードを取り出した。

「三十万なら銀行で下ろせるわ」

「いや……それはちょっと、申し訳ない」

眉根を寄せて渋る男の顔に大輔はむかむかしてきた。

わざとらしい、どう見てもわざとらしい。

（こいつ、詐欺だ。絶対にまちがいない。俺の現在の所持金十九万円を賭けてもいい）

大輔の疑惑はとうとう確信に変わる。

（他人から金を借りるなら土下座でもするか、借用書に血判を押すか、それが嫌なら消費者金融に行けよ。男の風上にも置けない）

ただのむかつきが、めらめらと怒りの炎に変わっていく。

けれど証拠がなくてはどうしようもないし、他人の大輔が口を挟んでもきいてくれるわけもないだろう。

まして恋に目が眩んでいるとき、誰がなにを言おうとかえって燃えあがるのは大輔自身十分に経験済みだ。

（それに俺は今、やさぐれているわけだから、人助けなんてあり得ない……よな）

自分でも釈然しない気分で大輔は、冷めきったコーヒーカップを手に取った。

「じゃあ、銀行で下ろしてくるから、少し待っていてくれる？　タカユキさん」

立ちあがる彼女に倣《なら》って男も腰をあげる。

「いや、それは申し訳ないから僕も一緒に行くよ。時間的にもその足で友人のところへ行かないと間に合わないしね」

「そう……じゃあ、一緒に」

少し残念そうな顔で、女性が伝票を引き寄せるのを男は当然のように眺めている。

（あり得ない。お茶代も払わず、金だけもらってサヨウナラってか？　――もう、ほんとにやさぐれてやるぞ。どうせこれ以上失うものはなにもないんだ。いいな？　やさぐれるぞ！　覚悟しろ、タカユキ！）

この展開はさすがに腹に据えかねる。

赤の他人を内心で呼び捨てにして、ぐっとコーヒーを飲み干して勢いをつけた大輔は、通路を遮るようにふたりに近寄って、満面の笑みを浮かべる。

「先輩！　やっぱり先輩でしたね。お久しぶりです！」

「はっ？　誰だ？」

当然のように男があっけに取られて大輔を見返す。

「誰だって、ひどいなあ。先輩。久しぶりすぎて、まさか俺のこと忘れたんですか？　俺ですよ、俺」

大輔は指先で自分を指さして、笑顔のまま詰め寄る。

「大和田ですよ､忘れるなんてひどいなあ。結婚式まで出たのに。奥さん、お元気ですか？あの奥さん。めっちゃかわいかったですよ。俺たち後輩みんな、羨ましくて――」

「ねえ……」

軽薄な口調でまくし立てる大輔に女性のほうが、不安そうな顔で男の腕に手をかけた。

いきなり絡んできた男に警戒心を抱くのは当然だ。なにげなくちらちらと様子を見る周囲の視線も気になるのだろう。

それでもやると決めたら最後までやると、大輔は笑顔を崩さない。

男は大丈夫というように、女性の手を軽く叩いてから大輔を睨みつける。

「いきなり失礼な人だな。人ちがいだ。僕は君なんて知らない」

「え――っ」

大げさに仰け反ってみせる大輔に冷ややかな視線を向ける。

「いったい君は僕を誰だと思っているんだ？」

「誰って、タカユキ先輩でしょ？　で、奥さんが――あっ……まさかぁ……」

口元に手を当てて、大輔はちらっと隣の彼女を見て、わざとらしく目を見開いた。

「……あ、俺……やばい……まずいところへ……ぁ」

慌てたふりで視線を逸らすと、女性の顔に動揺が走る。

「……タカユキさん……どういうこと？」

声にも不審が芽生えているのが聞き取れて、大輔は内心ガッツポーズをつくる。

はったりが最後まで通じるとはもちろん思わないけれど、彼女の心に疑惑の種を播《ま》ければいい。万が一慌てた男が襤褸《ぼろ》でも出してくれたら願ってもない幸いだ。

だが男が顎を突き出すようにして反撃にかかる。

少し残念なのは大輔のほうが頭ひとつほど背が高いので迫力にかけることだ。

「言いがかりもいい加減にしてくれ。これ以上おかしなことを言うなら――」

一瞬口ごもったのは「警察を呼ぶ」が言えないからだ、と大輔は直感する。

だが咳払いでその間を払った男は、視線を強くする。

「君はどうやら大変そそっかしいようだ。世の中にはよく似た人間がいるというじゃないか。君の知っている『タカユキ先輩』のフルネームを言ってみてくれないかな?」

「そんなこと聞いてどうするんですかあ、ほんとに」

余裕を感じさせる口調に「嫌だなあ」と、できるだけ脳天気に笑いながら大輔は腹の中で迷う。

(鈴木、とか佐藤とかって安易すぎるしな……ちくしょう、こいつ平気で人を騙すだけあって図太いじゃないか)

嘘をつくことに馴れていない大輔は追い詰められるのを感じながらも、ぱっと頭に浮かんだ、そう月並みでもない知り合いの名前を借りる。

「だから安念タカユキ先輩でしょ? 俺たちの憧れでしたから忘れませんよ。すっげぇエリートっぽくなっちゃってて、最初ちょっとわからなかったですけどね」

胸の中で、すまん、典親！と手を合わせた。

「やっぱり人ちがいじゃないか。僕の名字は安念じゃない。だいいち、僕は結婚していない」

馬鹿にしたように片頬に皮肉を浮かべる男に大輔は食い下がる。

普段いうときの十倍ぐらい、ハイテンションで驚いてみせた。

「え――っ？　マジでぇ」

「やばいっすよ。ほんとに似てるのになぁ、安念先輩に……。本当はなんていうお名前ですか？」

「失礼な人間に名乗る義理はないね」

せめて本名を聞き出そうとしても、鼻であしらわれて大輔はぐうの音も出ない。

「ちがうわよ、本当に」

薄ら笑いを浮かべる男の隣で、女性がほっとしたのか少し気の毒そうな顔で言う。

「そうですか……すみません」

きっと馬鹿な男を追い払ったことで、男の株はあがり、女性はますます泥沼にはまっていくかもしれない。

馴れないことをやろうとするもんじゃない――後悔と脱力でがっくりと肩を落として項《うな》垂《だ》れた耳に、かつんとヒールが床を叩いたような音がする。

「佐藤さん、いつ戻ったのかしら？」

迷いのないきりっとした声に顔をあげると、腕を組んで仁王立ちした長身の女がこちらを見据えていた。

青い艶《つや》のある上着の下には白いシャツブラウス。コンサバティブな膝丈の黒いスカートに合わせた黒いパンプスも色合いはシックだが、派手に巻かれたロングヘアも、つけまつげの濃い化粧も、シックなところはまるでない。

角度をつけたデザイン性の高い銀縁の眼鏡も、ファッションのように見えた。

しかも腕を組んでいてもそれとわかる豊かな胸は、大きく開けた上着の間からこれ見よがしに覗いている。まるでハリウッド女優のような、華やかな存在感だ。

女性の年齢ほどわからないものはないが、三十代後半……だろうか。

こんな格好でも浮ついて見えないどころか、迫力さえ感じさせるところをみると、もしかしたら四十代に入っているのかもしれない。

とにかく渦中の男よりは歳が上に見えるけれど、どういう関係だろう。

(俺の前に座っていた人だよな……急になんだ？　……まさかこの詐欺師の知り合い？)

展開が見えないまま大輔は落ち着きはらった彼女の次の言葉を待った。

三人分の視線を堂々と受け止めた彼女は男に向かって、豊かな胸を突き出す。

「戻ってきてるなら、あたしが貸したお金、返してくれないかしら？　もう随分前のことだけれど、時効とか恩赦なんてないから」

言葉と一緒に男に向かってにゅっと手のひらを差し出した。

——それが、大輔と竜子との出会いだった。

＊

(結婚は失敗したが、俺は決してうかつな男ではない)

そう思いながらも大輔は、結婚詐欺を撃退した正体不明の女に従ってカフェを出た。

(これも『やさぐれ』の一つに違いない)

自分でも今ひとつ納得できない行動にそう理由をつけ、覚悟を決めてあとに続く。

そして歩くこと数分、大輔をカフェから連れ出した女性は小さな五階建ての小ぎれいなビルに入っていった。

「エレベーターもあるけど、美容と健康のために歩くことにしているから」

そう言って彼女は狭い階段をピンヒールで上りはじめる。

女性というのは背後から男についてこられると嫌なものだと思うが、彼女はまったく気にしないで、さっそうと前を歩く。

その潔さに気圧されながら五階まで上りきると、廊下の突き当たりに洒落た木目の扉が見えた。

近づくと手づくりらしいボードがかかっている。

『愛・燦々《さんさん》――運命のお相手、探します』

（なんだこれ？）

かなり手慣れた装飾文字で描かれたボードの謳い文句に大輔は内心でずずっと引く。

そういえば目の前の女性はずばずばとした口調で有無を言わさずに、相手を煙《けむ》に巻く占い師のような自信に満ちあふれている。

部屋の中は綾織りの緞帳《どんちょう》で暗く、水晶玉があって咽《む》せるほど香が焚《た》いてあるにちがいない。

彼女に続いて息を止めながら部屋に足を踏み入れると、大きな窓から差し込む明るい光が目に入り、大輔は手をかざした。

（あれ……普通だ）

怪しいボードの謳い文句とちがい、部屋の中はスチールの机が二基と棚、磨りガラス仕様の扉付きパーティションで仕切られた応接セットという、ごく常識的な事務所の設《しつら》えだった。奥にもう一室あるのか、スチール製の扉が見える。

「座って。今日は弓削《ゆげ》くんが休みだからお茶は出せないけど、今飲んできたばかりだからいいでしょ？」

弓削くん、とやらが何者かもわからないまま大輔はおとなしく頷き、応接セットの椅子に腰を下ろした。

「挨拶が遅れたけど、これ」

目の前に座ると足を組んで名刺を差し出してきた。

昨日までサラリーマンだった性《さが》で名刺を両手で押し戴いて、つらつらと眺める。

『愛・燦々　所長　桜沢竜子』

響きだけ聞いた時も思ったが、桜沢竜子とはなんとこの女性にぴったりの名前なのだろうか。名は体を表すというのを大輔は久々に実感する。

だが愛・燦々というのはなにをしている団体なのだろうかという疑問は残る。

「つかぬことをお聞きしますが、この事務所は……なにをなさっているんですか？」

もしかしたら成城辺りではすごく有名で、元妻の〝グランマ〟なら知っているのかもしれないと思い、少し腰が引ける。

「結婚相談所よ」

尋ねられたことに不快感など微塵《みじん》も見せず、桜沢はあっさりと答える。

「結婚相談所？　……はあ」

だからさっきの女性に『私の言うことが納得できたら、ここに来てみるといいわ』と言ったのだと腑に落ちる。

けれど自分がここに連れてこられた意味がわからない。

まさか本当に霊感や透視能力があって、大輔が離婚騒動のあげくに傷心やさぐれ修業中だと見抜いたのか。

そこに答えがあるように穴があくほど名刺を見つめる大輔に、桜沢はきびきびした口調で話を進める。

「あなた、名前は」

「あ……大和田大輔です」

自分には出す名刺がないことに落ち着かない気持ちで大輔は答えた。だが桜沢はなにも気にしない顔で先を続ける。

「それで大和田くん、あなた、さっきの小者詐欺師の知り合い？」

まるで十年来の知り合いのような口調で尋ねてくる桜沢に、大輔は思い切り首を横に振る。

「まさか！」

「ならどうして、先輩、なんていきなり言いだしたの？　スーツは皺だらけでも非常識な人には見えないんだけど」

皺だらけは余計だと思いながら正直に答える。

「あの女性が騙されてるみたいだったんで、なんだか気の毒になったんですよ」

「騙されてるってどうしてわかったの？」

興味津々という顔をして身を乗り出してくる。

前屈みの胸元から慌てて目を逸らした大輔は口早に説明する。

「ブランド物の時計はたぶん偽物でしたし、ケイマン諸島から帰国して空港から直行したらしいのにキャリーケースは空って感じでした。ウエイトレスさんが躓いただけで転がるってあり得ないですよね？」

　眉をあげて軽く頷き、桜沢は先を促す。

「その上、財布もカードも忘れたからって言って、あの女性からお金を引き出そうとしていたんです。最初は百万で彼女をびっくりさせておいて、次は五十万、最後に三十万に下げ、それなら安い、出せるかもって思わせるやり方が姑息で、他人事ながらむかっときちゃって」

「なるほど、ね」

　頷く桜沢に力を得て、大輔は先を続ける。彼女をまっすぐに見ると、今度は目を逸らさなかった。

　堂々と胸を張る桜沢と向き合っていると、なんだか目を逸らすほうが失礼な気にさせられる。

「俺があの男の知り合いのふりをして、奥さんがいるって言えば、あの女性がなにかを疑うかなと思ったんです。少しでも疑う気持ちが出てきて、考え直してくれればいいって。ワンクッションおいて頭が冷えれば、絶対におかしいって気がつくような、ばかばかしい話でしたから」

「たしかにね。テレビショッピングと同じで、〝今だけのタイムセール〟に引っかかると、ろくな買い物ができないわ」

　結婚詐欺とテレビショッピングは同列ではないが、譬《たと》えとしてはわかる気がする。話が通じていることに大輔はほっとした。

「詐欺だとか、騙されるなっていきなり言っても、言われたほうは頑なになるだけだし、証拠もないから言いがかりになる。だから人ちがいのふりをするのが誰にとっても一番害がない方法だと思ったんです。あの男に後ろ暗いところがなければ、早晩解決することですし」

「でも、そのときはあなたが変な奴になるけど？」

茶化すような口調に大輔はにやっと笑い返した。

「どうせスーツが皺だらけでおかしな奴ですから、べつにどうってことないですよ」

大輔の混ぜ返しに桜沢も同じようなしたたかな笑みを返してくる。

「警察を呼ばれなくてよかったじゃない。もし呼ばれたら見た目で大和田くんの負けだったわよ」

「ああ、そうですね」

現時点での自分の世間的な評価を認めてしまえば、無職で名刺を持たないことも割り切ることができてくる。

「そう考えるとほんとに桜沢さんが出てきてくれて助かりました」

大輔は軽く頭を下げた。

「それにしてもあの男、やっぱり正真正銘の詐欺師だったんですね。僕が言うのもなんですが、桜沢さんもお金を返してもらえるといいですね……」

遠慮がちに言うと、桜沢がつけまつげの濃い目を見開いたあと、声をあげて笑いだす。

「……え？」

椅子の背にもたれて豪快に笑う桜沢にあっけに取られる。響く笑い声に答えるようにどこからか高い鳥の声が聞こえてきて、大輔はなんとなく窓の外を見た。

「大和田くん、あなたねぇ」

大輔が窓の外に小鳥の姿を見つける前に、まつげを気にしながら瞬きをした桜沢は笑いを残したまま呆れる。

「あたしがあんな男に金を貸すわけないでしょ。そんな馬鹿に見える？」

厚化粧には見えても馬鹿にはとうてい見えないが――しかし。

「じゃあどうして首を突っ込んできたんですか？　だいいち桜沢さん、『佐藤タカユキ』っていうあの男の名前を知っていたじゃないですか？」

「佐藤って日本で一番多い名字じゃなかったかしら？」

あっけらかんと言う桜沢に大輔は愕然とする。

「当てずっぽうなんですか？」

「安念よりは当たる確率が高いと思うわよ」

小馬鹿にしたような口調に腹が立つよりも虚脱する。

「……そりゃまあそうですが、それにしたって日本にどれだけ名字があると思ってるんですか。外れる確率のほうが高いに決まってるじゃないですか……」

「いいのよ、外れたって。そのときは、あたしと会ったときは佐藤だったたって言い張ればいいだけよ」

「ちょっ、むちゃくちゃですよ。人ちがいって言われるに決まってるじゃないですか」

「全然平気よ」

ふふんと鼻で嗤って、桜沢はきれいにネイルをした指を大輔の鼻先で振る。

「あの手の詐欺は昨日今日始めたわけじゃない。女を騙して金を取るのは、あの男の職業だもの。おそらくサラリーマンが会社から給料をもらう感覚なのよ。だから騙した女は星の数ほどいて、彼女たちに後追いされないために偽名を使いまくってるに決まってる」

「仮にそうだとしても佐藤を使ったとは限らないでしょう」

自分よりもっと行き当たりばったりの行動に呆れてしまい、その粗を指摘する。だが桜沢はけろりとした顔で反論する。

「あら、佐藤や鈴木って最初に思いつく偽名だし、使い勝手がいいもの。すくなくとも佐藤っていう名前で四、五人は騙してるはず。佐藤なら日本のどこにでも紛れられるけど、安念なんてちょっと凝った名字だと、追跡されやすいから使わないわよ。詐欺師の基本ね」

安念を使った自分の世間知らずぶりを当てこすられた気分で、大輔は大人げなくカチンとくる。

それが顔に出たらしく、桜沢は面白そうな顔になった。

「若いわね、大和田くん。いくつ？」

「三十一ですけど」

むっとしたまま答える大和田に桜沢はくすっと笑う。

「きっと大和田くんは三十一年間、女性を騙したことがないのね」

「ありません。というか女性だけじゃなくて、男も騙していません。記憶にある限りは、ですけど」

律儀にそう付け足すと、桜沢はまた声をあげて笑った。

「あなたみたいな善人にはわからなくて当然だけど、あの男はおそらく子どもの頃からずーっと人を騙してきたんじゃないかな」

「まさか――」

それは言い過ぎではないかと目を剝いた大輔に桜沢は真面目な顔になる。

「すくなくとも高校ぐらいから、デート代は彼女持ちだったと思う。いるのよね、そういう男。息をするように嘘をつく人」

妙に真剣な口調に大輔は黙りこむ。

もしかしたら本当に桜沢は彼に騙されたのではないだろうか。

彼でなくても、誰かに痛い目に遭わされたのではないだろうか。

だが桜沢のきっぱりした口調が大輔の思考を遮った。

「ああいう口だけうまい、小者詐欺の男は、むかーしからあっちこっちで女を騙しているから、こっちが貸したと主張したらそうだっけと思ったりするわけよ。使った偽名も、騙した女の名前もどうせ忘れてるんじゃないかしらね」

桜沢は顔をしかめて吐き捨てた。

「でも自分の嘘のうまさに酔ってるだけで、頭は空っぽ。ケイマン諸島とか、ブランド物のニセモノとか、空のキャリーケースとか、はったりが大きいのに、詰めが甘すぎるもの。仕掛けが大きければ大きいほど、その分繊細な注意力が必要なのに、あの男にはそれが欠けていた。詐欺師としては三流ね」

たしかにそうだと大輔も思わざるを得ない。

ケイマン諸島なんて大げさすぎて、聞く人が聞けば一発で怪しいと思うだろうし、身につけているものがニセモノだとばれてしまえば、金を持っているという前提も崩れる。キャリーケースだって、面倒がらずに缶詰でもいいから詰めておくぐらいの知恵は使うべきだ。

「甘いですね。たしかに」

「でしょ？　結局馬鹿なのよ。騙した相手も覚えていられないアホのくせに、人を騙すなんておこがましいことこの上ないわ」

桜沢の言いぶりだと馬鹿でなければ人を騙していいようにも聞こえるが、あまりにきっぱりとした断罪ぶりに、言い返すことができずに相づちが曖昧になる。

「はあ……そうですか……」

「そうよ。ちゃんとぬかりなくやりたいなら、いついつこういう名前でこういうことをしたと、事細かくメモしておくべきね。あたしだったら絶対そうするわ。次の参考にもなるし、何事も予習復習は基本よ」

「それはちょっとどうですかね……警察に捕まったときに、立派な証拠品になってしまうんじゃないですか」

いったいどっちが悪人なんだと思いながら、大輔は脱力しつつ突っ込んだ。

「あら、そうね。大和田くんって見た目より頭がいいのね」

気がつかなかったわと言って、桜沢は手を叩いて口調を改めた。

「あなた、頭がよくて人もよくて――でも向こう見ずな行動で、最後は馬鹿っぽく貧乏くじを引くタイプね」

貧乏くじを引くという言い回しにさすがに胸がきりりと痛んだが、桜沢は上機嫌で先を続ける。

「気に入ったわ」

「なにがですか？」

憮然として尋ねると桜沢がネイルアートも煌《きら》びやかな爪で大輔を指さす。

「あなたよ」

馬鹿呼ばわりしたあげくに、人を指さしてははばからない桜沢の傍若無人さに怒りよりも虚脱する。

すくなくとも大輔の三十一年間の人生において、これほどパワフルな女性には出会ったことがない。大輔の母は夫婦喧嘩で父に酒をぶっかけるような気性の荒さだが、時に忍耐を感じさせることもあった。

　桜沢からはそういう忍耐とか我慢とかが欠片も伝わってこない。

　言い返す気力も失せて大輔は桜沢の指先を見つめた。

「それで大和田くん、こんな昼間からお茶を飲んでるって、今日は仕事が休みなの？　それとも単純に昨日飲みすぎてその辺りで寝ちゃって、仕方がなくサボったとか？」

　皺だらけのスーツを上から下まで遠慮なく見下ろす桜沢の大胆さに、大輔は嘘をつく気も失せてくる。

　自分だって昼間っから事務所を留守にしてカフェでのんびりお茶を飲んでいたのに、他人にとやかく言えた義理かと思うが、彼女の口調には湿ったところがなく、意地悪な好奇心もなかった。

「今日から無職です」

　ただ単純に事実を知りたいらしい桜沢に大輔は正直に答えた。

「いいわね」

　嬉しそうに桜沢はぽんと手を打つ。

　仕草がいちいち大げさだがそれが妙にさまになるのは、本人が人に見せるためではなく感情の赴《おもむ》くままに振る舞っているからだろう。

　わざとらしさのない明るくわかりやすい感情表現は、万里小路家の品のよい老獪さに苦しめられた大輔には清々しくさえ感じられ、笑って返す。

「あんまりよくはないですけど」

「正直なところもますます気に入ったわ。大和田くん、あなたここに勤めない？　ちょうどひとり辞めて、スタッフを探していたの」

まるで映画にでも誘うように言われても、本気とは思えず、大輔は桜沢の顔を真正面から見返した。

「いや、さすがにそういう冗談に付き合う気にはなれないです」

「あら、みるからに身なりが悪くて、無職になったばかりで心を傷めてそうな人に、そんなデリカシーのないジョークを言う女に見える？」

十分見える――とつるっと出そうになった言葉を、大輔はまだ消失していない社会人として培った理性で飲みこむ。

「そういう意味じゃなくて、さっき会ったばっかりの人間をスカウトするなんて、どう考えても冗談以外あり得ないでしょう。だいいち桜沢さんは俺のことをなにも知らないのに。変な奴だったらどうするんですか」

「あら、知ってるわよ」

桜沢はまっ当な反論を意に介さない。

「大和田大輔、三十一歳。ただ今、無職。詐欺を見破るぐらいに目端が利いて、追い払おうとする度胸も正義感もある。ただし、詰めに甘さがあり、それに関しては今後も修業を要する――という感じかな」

立て板に水で並べ立て、桜沢はトドメをさす。

「履歴書なんかよりあたしは自分の目を信じてるから。大丈夫」

「でもここって結婚相談所ですよね？」

大丈夫なのは桜沢であって自分ではない。大輔は苦笑交じりで確認した。

「そうよ、そう言ったでしょ？」

「だから無理なんですよ。俺、他人に結婚相手を紹介したり、結婚うんぬんを語ったりする資格はないです——失敗したばかりなんで」

なるべくさらっと聞こえるように言おうと思ったが、さすがに舌がもつれてひと呼吸置く。

なにもそこまで内実をばらさなくても、断る理由ぐらいつくれる。

それでもデリカシーがないようでいて、詐欺に遭った女性に気遣いを見せた桜沢に嘘をつく気になれなかった。

だが、それを聞いた桜沢は身を乗り出した。

「それはますます好都合だわ。失敗は成功の母だもの。あなたの失敗を人の成功に生かせるじゃない」

「いや……普通の人は結婚に失敗したスタッフに、結婚の意義を説かれたり相手を紹介されたりしたくないと思いますよ」

笑いに紛らわせて遠回しに断ると桜沢は首を横に振った。

「あのね、大和田くん。うちの相談所は依頼者にとって最後の砦《とりで》と言ってもいい」

　機密事項を打ち明けるように声を潜めた桜沢に、大輔は思わず前のめりになって耳を傾けた。

「この愛・燦々はどうしても結婚できない男女が最後にたどり着くところなのよ。いわば駆け込み寺ね」

「駆け込み寺……？」

「そう、昔どうしても離婚したい女が厳しい尼寺に救いを求めたように、なんとしても結婚したい人間がここに駆け込んでくるのよ」

　真剣な顔で桜沢は、大輔にこの結婚相談所の主旨を説く。

「もちろん、女性だけじゃなく男性も引き受けるけれど、駆け込み寺と一緒でうちは厳しいわよ」

「厳しい？　結婚相談所がお客に厳しいんですか？」

　サービス業がサービスをしなくて成り立つわけがない。不審を顕《あら》わにする大輔に桜沢は重々しく頷く。

「そうよ。だって結婚は遊びじゃないもの。人生においていちばん大きな事業と言ってもいいわ。甘い考えじゃ成功しない。受験よりずっと難しいのよ」

「はあ……そうですね。その意見には俺も賛成です」

　耳の痛い言葉だったが、失敗したからこそそれが真実だとわかる。

「ね？　そう思うでしょ。受験なんて自分ひとりの頑張りでどうにかなるけれど、結婚はちがう。相手があってこそ成り立つ人生の一大事業なのよ。結婚しないのはかまわない、このご時世結婚ばかりが全てじゃないわ。でも結婚したいならば全力で向き合うべき。自分はそのままで、相手にだけ都合よく変わってもらおうなんて無理なのよ。そこをわかっていない人が多すぎるのよ！」

桜沢は選挙演説のように握った拳を耳の横で振りあげた。

「だから本当に結婚したければ、まず自分を省みろということをこの結婚相談所では教えるの。結婚に失敗したスタッフはまさに適任。愛・燦々に相応《ふさわ》しいわ！」

持ちあげられているのか、落とされているのかさっぱりわからないけれど、すくなくとも桜沢が本気で言っているのは伝わってきた。

それでもさすがに他人の結婚に関わる気持ちになれない。

「俺を買ってくれるのはありがたいことですが、無理ですよ」

言葉を飾らずに大輔は言う。

「今の俺は、人の幸せなんて願う気にもなれません。むしろ他人も不幸になればいいぐらいの気持ちですから」

大輔の言葉に桜沢がぱっと顔を輝かせて、声をあげる。

「大和田くん、あなた面白いわ――、すごくいい」

手を伸ばして大輔の膝に触れて、桜沢がにこっと笑う。

彼女の仕草にはまったくセクシュアルなところがなく、それが逆に魅力的だ。

「あたし、詐欺師は嫌いだけれど、嘘つきはすごく好きよ」

だがそれとこれとは話が別で、桜沢のペースにはまらないように、大輔は反論する。

「俺は正直な気持ちを言ってるだけです」

「それはちがうわ」

桜沢は不意に真面目な顔で大輔の目を見つめる。

「他人が不幸になればいいと思っているなら、あなたはさっきあの女性を助けなかったはずだもの」

「あ……」

思わず口を押さえた大輔に、桜沢は大人の顔で微笑んだ。化粧でぱっと見はわからないが、表情が抑えられた彼女は知性的で非常に端整な顔立ちだ。

「無意識の行動にこそ、人の本質は出るんだってあたしは信じてる。自分がうまくいかなくて自棄《やけ》になって、道を踏み外す人もいれば、誰かを庇《かば》う人もいるってこと。あなたがどちらの人間かは自分でわかっていると思うけど」

椅子の背にもたれた桜沢は穏やかに大輔を見つめた。

「今日は帰ってあたしが言ったことを考えてみて。そして手伝ってくれる気になったら、またここに来てちょうだい」

桜沢がそう言ったときちょうど聞こえてきた小さな鳥の声に窓の外を眺めると、八重桜の花吹雪がざざっと風に舞い上がったのが見えた。

*

引っ越したばかりのがらんとした1DKのアパートの一室に寝転がって、大輔は天井を見あげた。

嵐のような一日の出来事を流れに添って思い返す。

桜沢の申し出があまりに突飛で、小者詐欺のことなど頭からすっ飛び、彼女と交わした会話だけが生々しく甦ってくる。

——結婚は遊びじゃないもの。……甘い考えじゃ成功しない。

——自分はそのままで、相手にだけ都合よく変わってもらおうなんて無理なのよ。

——他人が不幸になればいいと思っているなら、あなたはさっきあの女性を助けなかったはずだもの。

桜沢が言った言葉の一つひとつがじんわりと体中にしみるのを感じた。

大輔だって失敗しようとして結婚したわけではない。

人並みに家族を幸せにしようと思ったし、自分も幸せになりたかった。

『ねえ、大輔さん。お豆腐が安かったからたくさん買ったわ』

新婚の頃、スーパーの袋から嬉しそうに、豆腐を次々に取り出して見せた菜々子の笑顔が前触れもなく浮かんでくる。

消費期限の早い豆腐をそんなに買って、どうするつもりなんだろうと少しおかしかった。けれどそれよりも、節約などしたことがない菜々子が、一所懸命家計を切り盛りしようとすることが嬉しかった。

『え？　いやだわ……これってあと一週間のうちに食べなくちゃ駄目みたい。こんなにたくさんどうしよう……嬉しくて期限を確かめなかった……』

今ごろ気がついた消費期限に菜々子は、とても哀しい顔をした。

『結局無駄遣いしちゃったわ……ごめんね、大輔さん』

『そんなことないさ。全部食べればいいだけだろう？　豆腐は一番使い易い素材だ。いろいろ料理法はあるぞ……』

大輔は、菜々子の頑張りを無駄にしまいと、頭を絞る。

『今日は冷や奴と豆腐の味噌汁。明日は麻婆豆腐と、豆腐の白湯《ぱいたん》スープ。明後日は豆腐ハンバーグと豆腐サラダ……あと揚げ出し豆腐にその次は、そうだなあ……』

腕を組んで考え込んでいると、大輔の提案に元気を取り戻した菜々子が小さく手を打った。

『カレーじゃないかしら？　カレーって何を入れてもおいしいもの』

『……俺、豆腐カレーって食ったことないけど』

『何事もチャレンジよ』

豆腐を片手に、にこっと笑った顔が本当にかわいらしくて、あのとき大輔は豆腐が崩れるのも構わずに彼女を抱き締めた。

あり余るほど金があったわけではないが、愛は間違いなくあり余っていた。

あの愛はいつ消えてしまったのか？

どうしてうまくいかなかったのだろう。

——家に帰って、……残らず書き出してみなさい……私の言うことが納得できたら、ここに来てみるといいわ。

不意に桜沢が騙された女性に言っていたことを思い出して、大輔はがばっと身体を起こした。

もう使わないと思っていたサラリーマン時代の手帳をさっそく引っぱりだして、ボールペンを手にした。

「結婚に失敗した理由……その一」

考えるとまだ痛みを伴う過去を大輔は強引に振り返りながら、文字にする。

香奈が生まれるまでは幸せだったことはまちがいない。

香奈が生まれてからも幸せだった。妻に顔がよく似た娘は大輔の自慢だった。

自分のように大きな男の血を引いているのに、こんな小さな愛らしい赤ん坊が生まれたことが奇跡に思えた。

菜々子に教わりながら、覚束《おぼつか》ない手つきで香奈のオムツを替えた。

授乳のために夜中に起きる菜々子を少しでも休ませたくて、仕事が休みのときはできるだけ香奈の面倒をみた。

『あなただって仕事で疲れているのに』

残業の多い大輔を気遣う菜々子の手から香奈を抱き上げて、大輔は笑った。

『全然。香奈と君が俺の元気のもと』

『私は付け足し？』

『まさか。君は僕の女神で、香奈は君が連れてきてくれた天使だ』

『あなたって本当に口がうまいんだから』

そう言って大輔を見あげた幸せそうな菜々子の頬にキスをした。

自分がこの大切なふたりを守っているという実感が毎日あった。

自分は夫で父親だ。香奈と菜々子にとって、自分の代わりは誰もいないはず。その自覚が日々強くなる中、香奈はどんどん大きくなっていった。

『おとしゃん』と言われた日の体の奥が蕩《とろ》けるような甘い喜びは、今でもはっきりと覚えている。

「そういえば……菜々子はパパと呼ばせたがったなあ……」

大輔は娘から「おとうさん」と言われたくて、香奈にも「パパ」を使わせなかった。小さい頃から両親をそう呼んできた菜々子には違和感があったのかもしれない。自分の暮らしを否定されたように感じたのだろうか。

たわいないことだが、それもすれちがいのひとつだったのかもしれない。

些細なすれちがいを挙げたらキリがない。

最後まで自分も菜々子も折れようとしなかった。

料理の献立一つ考えるのにも力を合わせていた気持ちをどこへ置き去りにしたのだろう。

香奈のためという理由で、互いの考えを主張し続けた。

一所懸命馴れない家事をこなし、娘まで産んでくれた菜々子への感謝を、いつしか忘れていたような気がする。

つぎつぎに浮かんでくる幸せだった思い出と後悔を振り切り、大輔はあえて苦しかった事実を書き記していった。

手帳に書き出した細々とした言い争いの数の多さに、大輔は苦く笑った。

「結局、結論はこれだな」

箇条書きを大きな×印で消して、大輔は新しいページを捲《めく》り、大きな文字で書きつける。

――釣り合わぬは不縁の基。

桜沢の言うことは正しいと思うし、互いの歩み寄りが結婚にはなにより大切だ。

けれど育った環境も価値観もちがうのだから、絶対に譲れないことがある。折れることができないものを持っているのもまた、大人だ。

自分は経験でそれを知っている。

――自棄になって、誰かを庇う人もいる。

自分にはそういうやさぐれ方が向いているのかもしれない。

手帳を閉じて、大輔は腹を決めた。


翌日、新しいワイシャツにプレスのきいたスーツで、大輔はふたたび成城に降り立ち、結婚相談所『愛・燦々』を訪れる。

相変わらずブラウスの襟を派手に開いた桜沢の胸から目を逸らさずに大輔は一礼する。

「俺の基本方針を受け入れていただけますか？」

「何かしら？」

相変わらず端的に聞き返す桜沢に、大輔も遠慮をしない。

「釣り合わぬは不縁の基――これです」

「随分と古式ゆかしい言葉ね。今どき身分も出自もないわよ」

茶化しているようで、桜沢は真面目な顔つきのままだ。

「身分はなくても環境のちがいはあります。たとえば禁欲主義者と享楽主義者はいくら話し合っても相容れないようなものです、たぶん」

「わかるような、わからないようなたとえね」

肩をすくめたものの、桜沢の顔に興味が浮かぶ。

「桜沢さんは相手に合わせることが大事だとおっしゃいましたが、相手に合わせるのにも限度というものがあります。決定的な生活環境のちがいはどうしようもないと俺は考えます。というか思いっきり経験しています」

「なるほど、実感のこもった言葉だわ。重みを感じる」

今度は肩をすくめることも茶化すような顔もせず、真面目くさって頷く。

「はい。ですから、俺は俺で『釣り合わぬは不縁の基』、これを基本方針にしていきたいと思います。それでよければ俺をスタッフとして雇ってください」

もう一度大輔は深々と頭を下げた。

「あなた、本当に面白いわね、大和田くん」

上から振ってきた声に頭をあげると、桜沢が片手を差し出す。

「どうせ仕事をするなら面白い人とやりたい。いいわ、大和田くん。愛・燦々の正式なスタッフとして歓迎するわよ」

「よろしくお願いします」

差し出された手を握ると温かさが伝わってきて、家族を失ってから大輔の胸を冷やし続けていた氷の欠片を溶かしていく。

桜沢が言う最後の砦である結婚相談所での仕事はなにもわからない。

全てが濃い霧の中だ。

それでも大輔はこれからの日々にわくわくしはじめる自分を意識していた。

衝撃の初仕事

結婚相談所愛・燦々の事務所は、ファンタジックな看板はともかく、機能重視の作りだ。入り口を入ると受付カウンターと背の高いグリーンがある。

そのカウンターの後ろが大輔とアルバイトの机がある事務パートと、扉付きパーテンションで作った応接パートのスペースだ。事務机のうしろには大きな窓があり、晴れた日はブラインドを下ろしていないとかなり眩しい。

フロアの右側には申し訳程度のキッチンと、トイレがあり、その隣は桜沢専用の資料室兼用の所長室になる。

大輔の一日の仕事はこの事務所の掃除から始まる。

ワイシャツの袖を捲りあげた大輔は、トイレの掃除にかかった。温水洗浄便座のノズル掃除は慎重にやらないと、水が飛び出す。

少し顔を逸らしてから、ノズルクリーンボタンを押して、大輔はトイレクリーナーを含ませたペーパーでノズルを丁寧に拭く。

初日にトイレ掃除をしたときは押すボタンをまちがえて顔を洗浄してしまい、桜沢に笑いを提供してしまった。

便座の中をブラシでごしごしと擦《こす》り、便座を拭き、最後は床を隅々まで拭く。

愛・燦々が入っているビル自体には掃除業者が入っているが、『できることは自前で』が座右の銘の桜沢の方針で、事務所の中の掃除はスタッフが交替で行う。

スタッフといっても大輔ともうひとり、アルバイトの弓削雪舟《せっしゅう》のふたりだけで、今週一週間は大輔がトイレと洗面所、小さなキッチンの水回り担当で、机を拭くのは弓削の当番。床のモップかけはふたりでやる。

　正社員の大輔とアルバイトの弓削では、仕事内容が違う。

大輔は桜沢と一緒にクライアントを担当するが、弓削は書類整理を中心に、電話対応からお茶だしまで雑務を請け負っていた。

もちろんアルバイトとはいえ、弓削はここに来てもう一年になるのでキャリアとしては大輔より先輩だ。だが年齢が二十三歳と若い弓削は、当然のように大輔を目上として丁寧に接してくる。

　痩せた体がまだ少年のような弓削を先輩として扱うのも逆に嫌みのように感じて、大輔もそれに甘えていた。

　だからといって、事務所の掃除を弓削ひとりにまかせるわけにはいかない。

　大輔は無心でトイレ掃除に勤しむ。

　ビル内にある事務所でトイレが共有でないのは珍しいような気がする。だが、相談所に来る客はとても緊張しているからとりあえずトイレに行きたくなる。従って賃料が高くなっても、絶対必要だというのは桜沢の弁だ。

　その桜沢はというと、大輔と弓削が掃除中は応接セットのソファでマッサージクッションを使いながら、ファッション雑誌を読みふけっている。

　できることは自分でやるという方針から、桜沢自身は除外されているらしい。

トイレ掃除を終えた大輔はモップを手にした弓削に声をかける。

「先にマツイヒデキの掃除をしていいよ。床は俺がやっておくから」

「そうですか、すみません」

ぺこんと頭を下げた小柄な弓削は、奥の部屋へと入っていった。

弓削が入っていったとたん、ピーピーと甲高い鳥の声が聞こえてくる。

「今日も元気ねえ、あの子たち」

桜沢が雑誌から顔をあげたのをこれ幸いと、大輔は彼女の足もとの床にモップをかける。

「ちょっと足をあげてください」

手伝いはしないけれど、邪魔をするつもりもない桜沢は素直にピンヒールの足を持ちあげる。

「小鳥って結構うるさいわよね。もっと可憐な声で鳴くもんだと思ったけど」

「うるさいって桜沢さんが好きで飼ったんでしょう。だいたい声を楽しむのはカナリアとかウグイスですよ。マツイとヒデキはコザクラインコじゃないですか。俺もよく知りませんが、インコは声じゃなくて、仕草とか見た目のかわいらしさを楽しむんだと思いますよ」

ワイシャツの袖を捲りあげ、きゅきゅっとモップをかけながら大輔は邪険に言う。

最初ここの事務所に来たときに聞こえた鳥の声は外からではなく、奥にある桜沢の事務室にいた二羽のコザクラインコのものだった。

ブルーの羽根に白い顔がマツイで、グリーンの背中にオレンジの頰がヒデキという名前だ。

車通勤の桜沢が自宅マンションから事務所に大きなケージごと連れてきて、夜は自宅に連れて帰るという、出勤するペットたちだ。そう考えればスタッフは二名プラス二羽ということになるのかもしれない。

普段は掃除が終わると、受付カウンターにケージを移動して、『愛・燦々』の看板鳥の役割を担っている。あの日は、弓削がいなかったので、桜沢が面倒がって奥の部屋から移動させなかったらしい。

「文句を言うぐらいなら、マンションにずっと置いておけばいいじゃないですか。わざわざ連れてくるから鳴き声が気になるんですよ。弓削くんだって余計な仕事が増えるじゃないですか」

「でもマツイとヒデキは弓削くんにすごく馴れているし、あの子たちもマンションに置き去りじゃ寂しいじゃない。仕事場にペットがいると、ぎすぎすしたあたしたちの雰囲気も和むでしょ。まさに一石二鳥よ」

まったく堪える様子もなく謎の理論を振りかざしてくる桜沢に、負けじと大輔も言い返す。

「別にぎすぎすしてませんよ。俺も弓削くんも桜沢さんの僕《しもべ》のように反抗しないじゃないですか」

「あら、そうだっけ？」

「そうですよ」

無愛想な返事にも桜沢は忘れた顔で平然としている。

「それはともかく、マツイとヒデキはこの愛・燦々の看板鳥として飼ったのよ。家に置いてくるわけにいかないわね」

「どういう意味ですか？」

「コザクラインコのつがいってすごく仲良しで、ラブバードって言われてるのよ。いかにも結婚相談所の象徴って感じでしょ？　見た瞬間にこれだ！　と思ったわけよ」

「思ったわけよ……って、マツイとヒデキはどっちも雄じゃないですか。どうせなら普通に雌と雄にしたほうがわかりやすいと思いますけど」

顔をしかめた大輔に桜沢は「そう、それそれ」と身を乗り出した。

「小鳥の雌雄の区別って、難しいらしいわよ。ヒナの場合は特にわかりにくくて、ペットショップのスタッフでも結構まちがえることがあるらしいわ。マツイとヒデキにもまんまと騙されたわね。大きくなってみたらどっちも雄だったのよ」

桜沢は声を潜める。

「でも彼らはすごく仲良しなの。あれっていわゆるBLっていうのかしらね？」

「知りませんよ！　そんなこと」

嘘か本当かわからない桜沢の戯《ざ》れ言に、真面目に耳を貸した自分に腹が立つ。だが桜沢の言うことにいちいち神経を尖らせていては愛・燦々では勤まらない。

「だいたい女の子と男の子のつもりで飼ったのなら、どうしてマツイとヒデキっていう名前なんですか？　最初から男だとわかって飼ったとしか思えませんけどね」

　いらいらを抑えて大輔は皮肉で反撃する。

「そんなことないわよ。だってマツイときたらヒデキと続くのは常識じゃない」

「誰の常識ですか。雌だって雄だっていいですけど、まず鳥にマツイってつけようってい
う人はあんまりいないと思いますよ」

　床をごしごし磨きながら大輔は背中で返事をする。

「単に桜沢さんが松井秀喜のファンっていうだけでしょ。同世代ですものね」

　愛・燦々のスタッフになってから桜沢が四十二歳だと聞かされて、やはりあの迫力は四十代だと思った自分の勘がまちがっていなかったことを知った。

「あら、あたしはべつに松井秀喜のファンじゃないわよ。彼を高校生のころからずっと見てきたけれど、紳士的すぎて怪しい。彼には絶対裏の顔があるわ」

　桜沢が顔をしかめているような気配がするが、振り返らずにいなす。

「マフィアのドンじゃあるまいし、そんなの桜沢さんの妄想です」

「あら、大和田くんの歳だと知らないかもしれないけれど、彼は甲子園で五打席連続敬遠をされても、バットを投げたり暴れたりしなかった男なのよ。しかもそのとき、『それも作戦ですから、どうこう言えません』みたいな、悟った仙人のよなコメントをしたわけよ」

「はあ……そうですか」

　だからなんだというのだ。大輔の気のない相づちにもかかわらず桜沢はひとりでテンションをあげる。

「高校生がその落ち着きって不気味じゃない。それからも彼は一貫して、いつでもどこでも人格者で、アメリカに行っても、マツイはナイスガイってべた褒めよ。三十年近くも襤褸を出さないって、どこまで腹黒いのかしらってあたしは思うわけ」

　桜沢はぶるんと髪を振り腕組みをして、挑みかかるようにあらぬ方向を見つめる。

「いつか襤褸を出すまで、絶対にあたしは松井秀喜から目を離さないわ！」

「……はあ」

　桜沢が怪気炎をあげている間に床を掃除し終わった大輔は、モップを洗って用具ロッカーに片付ける。

「つまり、松井の熱烈なファンってことだよな。だったら素直にそう言えばいいのに、屈折しすぎ……女心ってほんとわからん」

　ロッカーに向かって呟いた声は聞こえなかったらしく、桜沢はうっとりした目で遠くを見つめていた。

「女心ってなんですか？」

　幸い桜沢には聞こえなかったが、マツイとヒデキの掃除道具を片付けるために背後にいた弓削には聞こえてしまったらしい。

「あ……っと……あのさ、桜沢さんて松井秀喜のファンなのか？」

弓削と入れ替わりに桜沢が所長室に入っていったのを確認してから聞く。

「ああ、たぶん。ロッカーの内扉に松井の写真が貼ってあるのを見たことがあります」

「ほんと？」

「本当です。でもイチローの写真も貼ってありますよ」

とくに興味もないような口調で教えてくれる。美大で油絵を学んだという弓削は絵のこと以外はどうでもいいらしく他人の言動に賛同も批判もしない。

「もしかして、野球ファン？」

桜沢と野球というのが結びつかないが、他人の趣味などわからない。典親だって坊主のくせに競馬はいまだにやるし、人は見かけによらないと思いつつ尋ねた。

「それはちがうと思います。僕が思うに、ここでバイトしてからも、野球の話なんて一度も聞いたことがありませんから。おそらく、桜沢さんは野球選手が好きなんじゃなくて、お金をがんがん稼ぐ男が好きなんじゃないですかね」

弓削はどこまでもあっさりした口調だが、言っている内容は結構どぎつく、大輔は返事に詰まる。

「……そ、そうか」

「ええ、でも、桜沢さんは野球で鍛えた体が好きなんだと思います」

急に目を輝かせて弓削は大輔の二の腕を掴んだ。

「たとえば、大和田さんは背も高くてぱっと見立派な体つきですが、二の腕は柔らかすぎです。もう少し鍛えたほうがいいです。これでは恵まれた体が勿体ないです。僕なんかつけたくても肉がつかない体質ですから、こうした宝の持ち腐れをされている人はとても残念に思います」

値踏みする手つきでくにくにと腕を揉まれ、大輔は「わぉ……善処する」と気圧されながら頷く。

「筋肉はとても美しいものですが、鍛えなければつきません。古来多くの画家たちが筋肉の造作に魅せられたように、鍛えられた人の体ほど美しいものはないと、僕は思います。僕も裸体を描くときはすごく敬虔《けいけん》な気持ちになるんです。神さまはなんと複雑で美しいものをつくったのだろうって」

(弓削くん……正気か?)

別人のように急に陶然として語る言葉に、芸術家にモラルはない、というフレーズが大輔の頭に浮かんできた。

「ですがスポーツによって筋肉のつき方は変わってきます。必要とされるものがちがいますからね」

「……ああ、そういえば水泳と体操じゃちがうよな」

「そうです。ですから桜沢さんは野球というスポーツで鍛えた筋肉にセクシュアルな魅力を感じているわけです」

それは非常に納得できる。

長身と巨乳を見せつけるようなファッションをする桜沢の隣に、華奢な男が並ぶさまは想像できない。大変失礼ながら恋人というより、猛獣が餌を捕まえたように見えるだろう。

「つまり桜沢さんはセクシーマッスルで金を稼ぐ男がいいわけだ……」

「ですね。以前すき焼きを奢《おご》ってもらったとき、金のない男の愛は牛肉のないすき焼きみたいなもの、って言ってましたから」

「すごいな……それはもはや、すき焼きじゃないだろう」

大輔は力のない突っ込みをした。

*

「おまえにわからない女心が俺にわかるわけがない」

仕事の帰りに梅真光院へ立ち寄り、その話をすると典親は苦笑する。

僧侶の衣を脱いだ典親はいつものとおり上下スウェットで、剃髪《ていはつ》の頭には日本手拭いを被っている。

「しかしその所長は面白い人だな」

辺りの静けさを破りたくないとでもいうように、典親は静かに笑う。

寺の裏にある典親の家はいつもとても静かだ。

その静かな家の、玄関から一番遠く離れている六畳間の典親の自室は、本人が立てる物音しかしないぐらいだ。

その静けさが、疲れた大輔には心地がいい。

向かい合って畳に直接座り、手土産にした缶ビールを飲みながら、ピーナッツ入り柿の種をつまむ。

「面白いっていうか、あんな人初めてだよ。パワフルで全てにおいて型破りだ」

「そうだな。じゃなかったらスカウトで社員を採用しないだろう」

退職したときは意見もせずに労ってくれた典親も、ほとぼりも冷めないうちに結婚相談所に就職したときには、心配からくる怒りを見せた。

——いったいなにを考えているんだ？　わけのわからない勧誘に引っかかるなんておまえらしくもない。自棄になるにしてももう少しやりようがあるだろう。

高校時代の典親は気の長いほうではなく、大輔のからかいにはちょくちょく怒っていた。だが、僧侶になってからは、めっきり声を荒らげなくなった彼の叱責はさすがに堪えた。

それでも大輔は、『自棄になって、誰かを庇う人もいる……どちらの人間かは自分でわかっていると思う』と言った桜沢を信じたかった。

けれど典親が怒る気持ちもわかる。

離婚、退職、行き当たりばったりに見える電光石火の就職。三十男とは思えない分別のなさに呆れるのは当然だ。もしここでなにも言われなければ、彼に見放されたということだ。

　本気で自分を案じてくれる典親に、大輔はひとつの約束をした。

　とりあえず結婚相談所に勤めるが、マルチ商法や個人情報の売買、その他違法行為と思われるものがあったときは、どんな条件を出されても、たとえ脅されても速やかに退職する——と。

　典親は渋い顔をしたものの、「おまえも大人だから、自分のことを自分で決めるのは当然だ。これと思うところで頑張ればいい」と不承不承ながら最後には励ましてくれた。

　けれどなにがあっても縁を切ろうとはせず、気がつくといつもそばにいてくれる典親にこれ以上心配かけたくない。

　それで遊びにきた顔で大輔はしばしば梅真光院へ顔を出し、差し支えない範囲で新しい仕事の話をしていたのだ。

「でも俺だけがスカウトされたわけじゃないぞ。バイトもスカウトだ」

　二缶目のビールを空けながら、大輔は言う。

「バイトって前に聞いたけど、弓削雪舟くんだっけ？」

「そう、名前にふさわしく美大出だ。日本画じゃなくて油絵だけどな。卒業してからも絵を描く以外はバイト三昧らしい。職場にも俺はこのとおりネクタイありのスーツだが、彼は被服費を鑑《かんが》みて、襟付きのシャツにチノパンでの出勤を許可されている。大型量販店の安売りで買った二枚を交互に着ていると言っていた」

自らの服装には個性丸出しの桜沢だが、スタッフの服装にはスタンダードを求める。

「そうか画材も金がかかりそうだよな……でも、バイトを知り合いに頼むのはわりとあることだろう？」

「いや、それとはちがう。弓削くんは事務所が入居しているビルの清掃のバイト中に、桜沢さんに声をかけられたそうだ」

「仕事ぶりがよかったのか？」

常識的な反応をする典親に、大輔はビール缶を振って否定する。

「腹が減りすぎて階段に座り込んでいたところを拾われたらしい」

なんだそれ、とおかきをつまんだまま典親は動きを止めた。

「最初はサボっていることを怒られると思ったらしいんだけど、桜沢さんは彼の顔を見るなり『お腹が空いてるの？』ってストレートに聞いた。思わず頷いたら、そのまま事務所に連れていかれて、カツ丼の出前を取ってくれたそうだ」

「カツ丼って、取り調べか？」

「まさしく。食べているときにずばずばと身上調査をされて、そのままあの相談所でアルバイトすることになったんだと。俺のときと同じで、スタッフは自分でスカウトするから、これでいいんだと押し切られたって聞いたぞ。最初の仕事は事務所の看板描きだったと言ってた」

「自分の見立てに随分自信のある人なんだな。まるで千里眼か預言者だ」

自分の言ったことに典親はクスッと笑った。

「それにしてもその青年といい、おまえといい、どこがその女傑のお眼鏡に適ったのかねえ」

不思議そうな典親に、大輔自身もうまく説明できない。

ただひとつ言えるのは、桜沢には妙に人を引きつけるなにかがあるということだ。

最初からそうだったが、このひと月彼女と仕事をして、いっそうその思いは強くなっていた。桜沢と話していると何故か、自分の内に隠れていた力が出てくるような気がする。

「異様なほどの自信家ではあるんだけど、その自信が人にも伝わっていく感じなんだ。パワーのお裾分けがあるっていうか、あれも一種の才能かな」

「へえ……じゃあその桜沢さんとやらは新しい宗教の開祖になれそうだな」

柿の種をつまみながら典親が何気なく言った言葉が、桜沢の持つ奇妙なオーラを言い当てていると思った。

「当たってる。彼女はあの結婚相談所の教祖だ。迷える子羊たちをびしびしと導いている」

「仕事に厳しい人なのか？」

「厳しい。そして客にも厳しい」

大輔はこのひと月のあれやこれやを思い出して、新たに冷や汗が出てきた。

＊

行き当たりばったりに見えた桜沢だが、誓約条件に関してはぬかりなかった。

入社の手続き時にそれなりの福利厚生と同時に、個人情報保護等の事細かい条件を示された。

「ここにも書いてあるけど、愛・燦々のスタッフは、個人のSNSは基本禁止。魔が差してちょっと疲れたり、浮かれたりして仕事での出来事を流してしまうことってあるでしょ。もちろん信用している人しかスタッフにはしないけれど、人は思いもかけないことをしてしまうときがある。うちみたいな仕事で少しでも顧客の情報が洩れたら、即アウトだから、これが飲めないならこの話はなし！」

きっぱり言われたが逆にそれがないほうが、会社の行く末が心配だ。

なんの異論もなくサインをした大輔だが、妙にぬかりのない書類は誰が作成したんだろうかとあとから考えた。まるで体重や髪の毛の長さに関することまで規定されているという、ハリウッド俳優の出演契約書かと思うほどがちがちの内容だった。

もし桜沢が作ったのだとしたら、スカウトの方法は粗っぽいが、かなり緻密な経営者だということだ。

アルバイトながら、個人情報に関してはほとんど同じ誓約を交わしたという弓削は、桜沢のバックには政治家がいると、ビルの清掃バイトのときに聞いたという。

「かなり大物の政治家の隠し子とか、愛人とか、あくまで噂レベルですけど、何度か聞きました。だからこの結婚相談所はとくに宣伝も告知もしないのに、どこからともなくお客さんが来るんだって……闇のルートでもあるんじゃないでしょうか。愛・燦々っていう社名もなんとなく年上のパトロンがいる感じですよね」

相変わらず関心のないように淡々として、弓削はぎょっとすることを言う。

「あ、そういえば、外国の大富豪と結婚経験があって、莫大な慰謝料をもらって離婚したっていう話もありました」

どれもこれも眉唾モノだが、桜沢ならさもありなんという気もしてくる。

一度、当の桜沢にそれとなく私生活を尋ねたことがあったが、ふふんと鼻であしらわれ、「男は素性を隠すと怪しいけれど、女はミステリアスで魅力的になるの。あたしのことを知りたければ十億持ってきなさい！」と言われただけだった。

普段どおり谷間を露わにした胸を突き出して高らかに宣言する桜沢に、逆セクハラだの逆性差別だののパワハラだのと言う気力も失せる。

結局わかったのは、桜沢が事務所から車で十五分ほどの場所にあるオートロックのマンション住まいということだけだった。もっともマツイヒデキを毎日連れてくるのだから、そう遠くない場所に住んでいるのは想定の範囲内で、目新しいことでもなかった。

それよりも、仕事を始めた大輔は、桜沢の私的なことなど、どうでもよくなるほどの衝撃を味わう日々だ。

「あなたみたいにきちんとした職歴がある一人前の大人に、あたしはいちいち手取り足取り仕事は教えない。あたしのやることを見て、覚えてちょうだい」

初出勤早々にそう宣言されて大輔はくらくらした。

社長とスタッフ二名の会社で、マニュアルをくれとは言わないが、一応の手順ぐらいは伝えてほしい。

だが、それを聞いていた弓削も平然としているところを見ると、この「見て覚えろ」は、愛・燦々の社風らしい。

「わかりました、所長」

四つの目に当然のように見つめられて、大輔はそう答えるしかない。

「所長ってやめて。響きがかわいくなくて、あたしに似合わないでしょ。桜沢にしてちょうだい。みんなが見あげる満開の桜って感じがして、あたしっぽいと思わない？」

あえて言葉の意味を深く考えることはせずに、大輔は頷く。

「わかりました、桜沢さん。ではそばで勉強させていただきます」

「そうね、でも手順を覚えたら、あなたはあなたのポリシー『釣り合わぬは不縁の基』を基本姿勢にしてやればいいわ」

派手なネイルのひとさし指を大輔の顔の前で振り、にっこりと笑う桜沢に、大輔はなぜか嫌な予感がした。

人の笑顔に背筋がぞくっとしたのはこのときが初めてだった。

＊

愛・燦々に入社して五日目。大輔が応接室で初めて、桜沢と同席した日のことだ。少々早い気もするが、「全て実地で覚える」というのが桜沢の方針だった。

依頼者は四十三歳になる男性。

掃除もスタッフがやる事務所は何事もシンプルで、応接室も驚くほど簡素だ。あまりの素っ気ない雰囲気に、客のほうが少し面食らっているのを感じる。

結婚相談所といえば、ハッピーな雰囲気を醸し出すために花柄やピンクっぽい内装を、大輔もイメージしていたが、桜沢はそんな必要性をまるで感じていないようだ。

提出された身上書と希望相手の条件項目を桜沢は淡々と読み、神妙な顔で控える大輔に渡す。

いつもの豊かな感情の起伏は欠片も顔に表れず、なにを感じたのかはまったくわからなかった。

「この、相手に希望する条件ですが――」

桜沢は常とはまったくちがう、穏やかな口調で切り出す。

「お相手の女性は十八歳から二十五歳とありますが、どういう理由でしょうか？」

「希望に理由が必要ですか？　それはこちらの自由ですよね」

相手は当然のように顔をしかめる。それなりの年齢で会社でも役職づきらしい依頼者は、聞き返されたことに不快を顕わにする。

たしかに希望だけは自由だと大輔も思うし、依頼者が気を悪くするのもわかる。ただ本気でこの希望が叶うと思っているなら、それは難しい。

本人はどう認識しているのかわからないが依頼者は年相応の外見だ。髪の毛こそまだあるけれど、なんとなく締まりのない身体つきと、どんよりした雰囲気は、威厳があるとか、貫禄があるというふうでもない、ちょっとくたびれた平均的な中年男だ。

正直言って十代や二十代の女性が、見合いで結婚したがる相手とは思えない。まだ三十一歳の大輔だって二十歳そこそこの女性に相手にされるとは考えていないのに、いい度胸だと思わざるを得ない。

(いや、俺はバツイチで子持ちだし……初婚ならありなのかも)

一応依頼者の気持ちを慮《おもんぱか》ってみる。

いったい桜沢はどうするのだろうかと、見習いの立場ながらドキドキする。だが隣にいた桜沢はなんら動揺を見せずに切り返す。

「もちろん、希望するのは自由です。ですが、この条件の女性をこちらから紹介することはできません。無理です」

難しいでも、一考を要するでもなく、「無理です」と言い切る桜沢に、大輔は驚きを顔に出してしまう。

だがそれ以上に驚いたのが依頼者だった。それはすぐに怒りに変わる。

「どういうことですか？　ここは結婚相談所ですよね？　依頼者の希望に添うのが仕事

じゃないんですか？　ここを紹介してくれた人が絶対にまちがいないといったのは、なんだったんだ！」

「可能であれば尽力いたします。ですが不可能を可能にはできません」

おそらく依頼者以上に大輔は言葉に詰まって、息を吸い込んだ。

どうしてもできなくてもとりあえず相手を尊重しながら調整していくのが、相談所のスタッフの役割ではないのか。

「なにが不可能なんですか？　こっちこそ理由を聞きたい！　他の相談所はちゃんと紹介してくれたのに、ここは高い金を取るだけ取ってやる気がないんですか！　紹介者もぐるで相談者を騙そうということなんですか？」

顔を赤くして怒る依頼者に、桜沢はまったく動じる様子を見せない。

(他の相談所って……巡り巡ってここに来たのか)

相談所をハシゴしていることに驚くものの、桜沢が言っていたことを思い出す。

——この愛・燦々はどうしても結婚できない男女が最後にたどり着くところなのよ。いわば駆け込み寺ね。

冗談だと思っていたのに、結婚というものの難しさと闇を改めて感じてしまう。

(しかし……紹介者って弓削くんが言ってた政治家とかか？　だったらいろいろやばくないか……)

根拠のはっきりしない想像だけでも怯むが、それでも桜沢に従うしかない大輔は内心の混乱をひたすら押し隠す。

「私どもは、真剣に結婚したい方に幸せな結婚をしていただくために全力を尽くしています。ですが結婚を、他人に見栄を張るものと考えている方に力を貸すことはできません」

「私が真剣に考えていないとでも言うんですか！」

顔をまっ赤にし、半分腰を浮かせて依頼人が大声をあげる。

大輔は思わず仰け反るが、桜沢はいつものように胸の開いた服装でぴくりともしない。

「では、お聞きしますが、四十三引く十八はいくつになりますか？」

「あん？　そんなものは二十五に決まっているじゃないか！」

顔をしかめたものの、一応律儀に答えた。

「では、四十三引く二十五では？」

「馬鹿にしてるんですか？」

気色ばむ依頼者を、桜沢は鋭い視線で見返す。

「答えは十八です」

「言われなくてもわかって——」

「わかっていません」

ヒートアップする依頼者と桜沢の間に、思わず大輔が割って入ろうとする前に、桜沢は相手の言葉にぴしりと言葉を被せる。

「今の二十五と十八という数字は、お客さまとご希望の相手との年齢差です」

「それがどうかしましたか？　そんなこと言われなくても最初からわかっています」

憤然とする依頼者に桜沢は冷えた視線を注ぐ。

「この差は親子と言ってもいい年齢差です。配偶者としてはあり得ません」

「あり得ない？　この世の中は歳の差婚の夫婦なんていくらでもいるじゃないですか？　ひとまわりちがうくらい普通にありますよ」

鼻息を荒くした男性に桜沢の舌鋒《ぜっぽう》は鋭さを増す。

「では、二十五歳上でもいいのではないですか？　逆もまた歳の差夫婦です」

（いや、桜沢さん……それはいくらなんでも）

皮肉すぎる突っ込みに、聞いている大輔のほうが内心動揺する。

「年上の女性になんの価値があるんですか？　私は四十三歳の男盛りで、初婚なんですよ！　仕事だって一部上場企業の課長職だ！　なにが哀しくて年上の女なんかと結婚しなくちゃならないんだ！」

案の定、唾を飛ばさんばかりの勢いで捲くし立てる依頼者に、桜沢は眉ひとつ動かさない。

（俺も二十五歳年上はさすがに厳しい。自分よりおふくろに近いし……桜沢さんってば、なにもそんなに怒らせなくても）

隣で部下の大輔は気を揉むしかない。

「おっしゃることはわかりました。ですが、これまで結婚にいたらなかったのは、その無謀な条件のせいです。——お客さまが今おっしゃった言葉は、そっくりそのまま若い女性の気持ちです」

「は？」

素っ頓狂な声が自分のものだったと気がついて、大輔は慌てて両手で口を押さえ、出もしない咳で誤魔化した。

自らの言葉を楯《たて》に切り返された依頼者は、呆然として桜沢を見つめているだけだった。

「二十代前半の女性が、四十三歳の男性を紹介されたらどう考えると思います？　私は花の盛りで、これからどんな男性とも恋ができる。なにが哀しくて四十過ぎのおじさんと結婚しなくてはならないの？となりますよね」

（おじさん……って客に向かって言うんですか）

依頼者以上に打ちのめされて、大輔はおそるおそる向かい側の男性を窺《うかが》う。彼は眼球を震撼させて、唇をぶるぶると震わせていた。

「お、女と男はちがう……芸能人だって、たいてい、うんと若い女と結婚してるじゃないか……」

怒りのあまり声だけではなく、全身を震わせながら男性は続ける。

「男の四十、五十は男盛りだぞ。男の魅力は女とちがって、歳を重ねるほど深くなるんだ。舞台や映画で主役を張って堂々としている役者っていうのはそれぐらいの年頃だろう。そういう成熟した男がチャラチャラした男よりいいという若い女性はたくさんいる」

容姿を売り物にしている俳優と、彼自身を比べるのはなにかちがうと思いながらも大輔は一応深く頷くが、隣の桜沢はうっすらと冷笑した。

（桜沢さん……もうこれ以上、やめてください――収拾がつかなくなる）

心の中で必死に念を送るが桜沢にそんなものは通用しない。

「確かに年齢的には〝男盛り〟と言えばそうでしょう。ですが、見た目はどうですか？　収入はどうですか？」

あからさまな問いかけに大輔はびくびくし、依頼者の頬はぴくぴくと引きつる。

「し、失礼過ぎるぞ！」

「そうでしょうか？　年齢差は見合い結婚においてとても大きな障害です。それを埋める財力や社会的ステータスがなければ、決して乗り越えられないといっても過言ではありません」

男の剣幕など何処吹く風と受け流して桜沢は続ける。

「残念ですが、お客さまはそのどちらも持っていらっしゃいません。ごく普通の四十三歳です」

大輔は今すぐこの場を逃げ出したくなった。

こんなに、自分に責任のないピンチに陥ったのは初めてだ。

茶化しているのかと焦りながら大輔は桜沢を横目で窺うが、桜沢は周囲の冷えた空気をものともせずにたたみかける。

「いいですか？　恋愛結婚でもない、ただの一般人が無謀な願いをしてどうしますか？　まったくもってあり得ません！」

正しければなにを言ってもいいというわけではない――大輔はそれを実感していた。

「な、なんて、失礼なおばさんだ――訴えてやる……」

（おばさんはちょっと……幼稚な言い返しだ）

そうは思いながらも半泣きで反撃する依頼者に、大輔は同じ男として同情を禁じ得ない。

四十三歳で二十五歳以下の女性と結婚できるかどうかは別にして、夢を持ったっていいだろう、それが男だ。若くもない男から愚かな夢を取ったら、ただの哀しい働き蟻《あり》になるだけだ。

だが桜沢は大輔の物思いも、追い詰められた相手の逆襲も歯牙にもかけない。

「訴える前に考えることがあるはずです」

睨み付ける相談者に桜沢はきっぱりと言う。

「若い女性と結婚したい理由はなんですか？　若い嫁さんで羨ましい、うちの女房なんてもうおばさん、やっぱり待った甲斐があったね……友人や会社の人にそう言われたいからじゃないですか？」

唇を震わせて答えない男性にさらにたたみかける。

「それを世間ではお世辞と言います。お客さまの若い妻ことなど、誰もみなすぐに忘れてしまいます。そしてそのとき、お客さまに残されるのは肌も脳みそにもまだ皺のない若い妻です」

（言い方ってものがあるだろう……）

　大輔は久々に泣きたくなる。

「……それのどこが悪いんだ？」

「いいですか？　二十歳近く離れた人間はもうちがう時代を生きています。好きだった歌もアイドルも、学校のカリキュラムも流行語も、培ってきた価値観もちがうんですよ。阿《あ》吽《うん》の呼吸なんてどこにもありません。それを乗り越えていくのは互いの愛情と忍耐のみ。見栄だけで結婚した人には無理です。結婚は点ではなくてその先にずっと続く生活の始まりなんですから、軽く考えていてはどちらも不幸になります」

　価値観がちがう――桜沢の言葉に大輔は愕然とする。

　菜々子と自分は同い年だったけれど、どうしてもわかりあえなかった。

　同じ環境で育っていないということが、どれほどの考え方のちがいを生み、生活の基盤を壊していくか、大輔は知っている。

　息を詰めて依頼人を見ると、彼は腑抜けのように黙り込んでいた。

「……ぅ」

　言葉にならないらしく吐息だけが聞こえてきたが、大輔もなにを言っていいのかわからない。

　だが桜沢は心得たように、依頼人が書いた書類をテーブルの上から相手に戻す。

「もう一度よく考えてみてください。どんな家庭をつくりたいのか、そのためにはどんな女性と結婚したいのか。相手にはなにを求めているのか、そしてそのために自分になにができるのか。その答えが出たらもう一度お越しください」

じっと書類を見つめている依頼者に桜沢は静かに語りかける。

「失礼なことを言ったのはわかっています。ですが他の相談所がお客さまに紹介した女性たちは、おそらく最初から断る前提だったと思います。若い女性はまだいくらでも時間があると考えているので、とりあえず会ってみればいいと軽く考えます。もっと意地の悪い言い方をすればデート時の財布ぐらいに思っているかもしれません。私は本当に結婚したいと望む方に時間を浪費させたり、無駄な希望を持たせたりするほうが失礼だと考えています」

ふっと顔をあげた依頼者の視線がなにかを感じたように揺れた。

「……そうか……」

誰に聞かせるともなく呟いた男性は、書類を手にすると無言で立ちあがる。

同時に立ちあがって一礼をする桜沢に大輔も慌てて頭を下げた。

大輔が素早く応接室の仕切り扉を開けると、ふらふらと依頼者は出ていく。

すると事務所にいた弓削が心得たように出口の扉を開けて、よろよろとした足取りの男性を送り出した。

(弓削くん……鍛えられてる)

丁寧に腰を折って依頼人を見送る弓削を褒めるように、カウンターに鎮座したマツイとヒデキがチュピュチュピュと鳴いた。

(看板鳥にも認められている。さすがだ)

そして応接室から出てきた桜沢は、さっきまでの穏やかな仕事モードから通常運転に切り替わっていた。

「あの方、面食いじゃないわね。それだけは確かだわ」

「なんでわかるんですか？　……若い人がいいってことは、むしろかわいい人がいいってことじゃないですか？」

「いや、絶対面食いじゃないわ。だって、こんなゴージャス美女のあたしのことおばさんだって言ってたくらいだもの」

言葉に詰まる大輔に代わって弓削が相づちを打つ。

「桜沢さんみたいな女性は日本にはあまりいません。ルーベンスとか晩年のルノワール的な感じですから、日本の男性にはハードルが高いと思います」

「そうね。さすが弓削くん、わかってるわ。美女すぎるって困っちゃう」

満足そうな桜沢は弾む足取りで所長室へ入っていった。

「……弓削くんってすごいね……若いのに……口が上手い」

ぐったりした大輔は倒れ込むように椅子に座った。

「お世辞ではありません。僕はそういうのは苦手です。桜沢さんのスタイルが西洋的なのは明らかですし、日本人はどちらかと言えば小さくて華奢なものが好きですから、今のお客さんには迫力がありすぎたということでしょう」

歳だけは大輔よりはかなり下の弓削の色白の顔に浮かぶわずかな表情から心の内を読み取るのは難しい。

(単に無表情っていうんじゃなくて、ぐっと感情を抑えた感じで何かに似てる……、あれだ、能面に似てるんだ。きれいな若い女性の面かな)

大輔は弓削の顔に少し見とれるが、相変わらず彼は眉一つ動かさない。

あくまで淡々とした弓削に大輔は疲れが倍増して、人に振り回されない神経がないと、ここではやっていけないことだけは理解する。

「……しかし……、大丈夫なのかな？」

「今の方ですか？　それでしたら心配は要りません」

大輔の呻《うめ》きに弓削があっさり請け合う。

「これまでの経験則から言って、今回の調子だと二週間後に頭が『はっちょう』じゃなくなって、ちゃんと現実的な書類を書いてくるんじゃないですか。」

(はっちょう……？)

大輔の頭には咄嗟《とっさ》に漢字が浮かばない。

(……ってことは業界用語か？)

どこの業界にも「山と言えば川」というような符丁めいた言い回しはある。

知ったかぶりで墓穴を掘るのは新人にありがちなミスだ。新人を自認する大輔は慎重に聞き返す。

「ちょっと、聞いていいかな？　今の、はっちょう……って、なに？」

「ああ、すみません。八丁味噌のことです。桜沢さんがいつも略して言うのでつい……」

「八丁味噌？　食べる味噌のこと？」

（あの、こってり熟成させた味噌界のカマンベールってやつか？　それと結婚相談とどう関係がある？）

ますます意味がわからなくて大輔は、眉間に皺を寄せて弓削を見返す。

「はい。知りませんか？　結構有名な味噌の種類ですけど」

「……知ってるけど……どういう意味？」

まさかの答えに大輔は動揺を隠せない。

「桜沢さんの口癖なんですよ。なにも考えてない人のことを、脳みそが八丁味噌に変わってるって言うのが。ほら、八丁味噌って二夏二冬かけるっていうぐらい、熟成期間が長いじゃないですか。味噌は味噌でも、まずいことはなにも考えず、おいしいことだけをひたすら長期間追求し続けた味噌って意味らしいですよ」

「あ……そう……」

味噌にも人にも失礼だが、桜沢ならそれぐらい平気で言いそうな気もした。

「桜沢さんは断然赤だし派らしいですが、僕はさらっとした合わせ味噌がいいですね。大和田さんは？」

「いや……味噌のことは俺にはよくわからない……それより、毎回男性にはこうなのか？桜沢さんって男に厳しすぎる」

頭を抱えながら呻くと、弓削は少し笑った。

「女性にも同じですよ。桜沢さんのいいところは誰に対しても態度が変わらないところです」

つまり誰に対しても遠慮会釈なしということだ。

「厳しい……心臓が止まりそう……」

「大丈夫です。僕は一年間いても心臓に異常がありません。大和田さんもすぐに馴れますって。それに所長が言うことは、部下の大和田さんの責任じゃないですし」

机に突っ伏す大輔に弓削が奇妙な励ましをくれた。

＊

最初勤めるときに、実のところスタッフがアルバイトも入れて三人しかいない結婚相談所にそうそう客がくるわけもないと、高をくくっていた。もしかしたら儲からなくて、給料が不払いになるかもしれないとも、少し思っていた。

だが、多少の波はあれど客は途切れず、多いときは休憩もそこそこに、桜沢はクライアントに面会している。

(そうはいっても、世の中には常識ってもんがある。普通の客のほうが絶対に多いはずだ。大丈夫だ)

そう自分に言い聞かせて、己を励ました二時間後にはもうその希望は打ち砕かれた。


依頼者は三十六歳の女性だったが、年齢よりはるかに若い格好をしていた。

桜沢も相当派手で周囲からは浮いているが、彼女自身にはマッチしている。だが依頼人が身につけている高そうなピンクのワンピースの丸い襟とか、白いバッグの取り合わせが幼い印象で、アンバランスに見えた。

例によって応接室で桜沢は大輔をとなりに従えて、依頼人の希望条件に目を通す。

「三十歳以下の男性に限る、何歳年下でも可——ということですが」

桜沢の穏やかな声は嵐の前の静けさだ。

息を潜める大輔とは逆に依頼人はうきうきと頷く。

「ええ、私、ご覧のとおりすごく若く見えるでしょう?　お友だちにも言われるんですけど、考え方も若いって言うんでしょうか、柔軟って言うのでしょうか……若い方としか話が合わなくて……同年代だともう、申し訳ないんですけどおじさんっぽく思えて……」

ふふっと笑って小首を傾げる。

(き、厳しい……)

大輔は思わず目を逸らした。

小柄でほっそりしたスタイルはたしかに若く見えるし、愛らしい仕草も堂に入っている。けれど滲《にじ》み出る違和感はなんだろうか。単に自分が彼女の実年齢を知っているからだろうか。

（知らなきゃかわいいって思うのかも）

必死に自分にそう言い聞かせて、心を落ち着かせる。

「父も会社の有望な男性を連れてくるんですけれど……ちょっと……」

少し困ったようにする瞬きが、人形のようにゆっくりで、大輔は背中がぞわぞわした。

ぱっちりした目も、小さな口もかわいらしいつくりなのに、仕草がわざとらしいだけでその愛らしさが消えてしまう。

（普通にしていたほうがかわいいいんじゃないのか？　なんで無理にいろいろつくってるんだ？　若いってそりゃいいけど……でもなあ、俺、おふくろが美魔女とかだったら実家に帰りたくない感じ）

こみ上げてくる違和感に尻が落ち着かないが、桜沢はさきほどとまるで変わらない。

「なるほど……それで、希望年収が一千万円、ということでまちがいないでしょうか」

桜沢の隣で大輔は椅子から飛びあがらなかった自分を偉いと思った。

このご時世、どれだけの男が一千万円稼げるというのだろうか。頭の中に花が咲いているとしか思えない。

だが依頼者はにこにこと頷く。

「ええ……私、お稽古事をたくさんしているんです。ピアノにお茶にお習字……小さい頃からなのでやめるつもりはありませんし、お稽古や茶会のお着物やお付き合いにそれなりのお金がかかるんです」

当然のような笑顔で彼女は続ける。

「現在は美術館で週三日、案内のアルバイトをなさっているとのことですが、結婚後は専業主婦がご希望――」

「ええ、もちろんです。私の家はみんなそうですから。女性は笑顔で夫を迎えるのが仕事です。私はそのために小さい頃からいろいろなことを習い、身だしなみにも人一倍気をつけてきました」

にっこりとする依頼者に大輔はなんとも言えない気持ちになってくる。

元妻の菜々子も娘のことでは全面的に親に頼ったが、妊娠するまでは普通に仕事をしていたし、大輔の給料に文句を言うことなど一度もなかった。

彼女を見ていると、離婚をしたのは自分の我《わ》が儘《まま》だったように思えてくる。

「それと結納も結婚式もきちんとやれる方じゃないと……花嫁衣装やドレスは女性の夢ですもの。それをないがしろにする方はやはり男性として今後頼れる方ではない、妻を守っていけない方だと判断していいのではないかと思うんです」

おっとりとした口調で自分の希望をぐいぐいと突きつけてくる依頼者に、大輔はだんだんと現実感が薄れてきて、自分の常識が揺らいでくる。何事にも動じない桜沢が自分を現実につなぎ止める舫《もや》い綱《づな》のような気がしてその顔を窺った。

「それでしたら――」

ようやく彼女が口を噤《つぐ》むと桜沢はもったいぶって切り出した。いい話かと思ったのか依頼人が身を乗り出す。

「遊園地などの大型テーマパーク、もしくは、観光地の洋館巡りをお薦めします」

「え？」

目を瞬いた女性と一緒に大輔も意味がわからずに桜沢を見てしまう。

「テーマパークの写真館では、コスプレをしてお城や洋館で写真が撮れます。お姫さまになるのも、貴婦人になるのも誰の許可も要りません」

驚くふたりを尻目に桜沢はゆうゆうと続ける。

「それがご面倒なら、わざわざ出向かなくても、コスプレ写真を撮ってくれるスタジオはたくさんあります。今はソロウェディングというプランもあり、それならば、お相手を探すよりずっと早く、素敵な花嫁気分が味わえます」

女性にも厳しいと言った弓削の言葉が嘘ではないことを思い知らされる。

だがなんとなく心の準備をしていた大輔とちがい、依頼人は顔色を変えて目を怒らせた。

「なにを言っているんですか？　私は結婚相手を探しているんです。写真館を探しているんじゃありません！」

ごもっとも――と大輔は内心深く頷いたが、桜沢はうっすらと不気味な笑みを浮かべて、戦闘態勢に入ったことを示す。

「ですがお客さまの条件では、ご希望の結婚式が挙げられる可能性は多めに見積もっても一パーセントぐらいでしょうか。四年後にはほぼゼロです」

大輔は心臓の辺りを押さえて衝撃に耐える。だが依頼人は怒りのあまり唇をわななかせた。

「どういう意味ですか？　一パーセントとかゼロって、やる気があるんですか？」

「あります。ですがやる気だけで誰でもオリンピックに出られるわけではありません」

（どうしてここでオリンピックが出てくるんだよ……）

あくまで冷静な桜沢の頭の中に構築されている思考回路を見てみたい。

馬鹿にしているとしか思えない桜沢の物言いに、依頼人はいっそう怒りを強くする。

「ここに来れば結婚できるっていう話だったから、わざわざ来たのに、馬鹿にするだけなんて……ひどい！　父に言ったらすぐにこんな相談所なんて潰れるわよ！　なにを考えているの？」

父親がどんな人か知らないが、ここが潰れたらまた自分は無職だなと思って大輔はどんよりする。

だがそれよりも「訴える」ではなく「親に言いつける」という幼さが痛い。

ここは大人の女として毅然とした物言いをしてほしいと、大輔は自分の明日よりそれが気になる。

「真剣に考えているから、真実をお話ししています。本当に結婚したければ、できる可能性は高いです。けれど、お客さまがしたいのはおままごとです。まともな大人の男性はその相手をするほど暇ではありません」

静かだったが相変わらず反論の余地のない口調に、大輔は冷や汗が出た。

依頼者のほうは怒りのあまり言葉が出ないようで口だけがぱくぱくと動く。

「――わ、私――、あなた――ひどい――」

やっと絞り出した言葉も意味のある連なりではなかったが、桜沢は容赦しない。

「ひどいのはお客さまです。なにを考えているのか、お聞きしたいのはこちらです」

大輔は無表情を装い聞くことだけに徹した。

「年下ばかりご希望の件はさておきまして――、まず、三十代男性の平均年収をご存じですか？」

それがなにか自分に関係があるのかという顔をした女性に、桜沢は現実を突きつける。

「約四百七十万円です。これが二十代となると三百二十万円ぐらいです」

「え？　嘘でしょ？」

きょとんとする彼女に大輔のほうが頭を抱えたくなる。多少の高い低いはあっても、普通に暮らしていればその程度だろうという感覚はあるだろうに。

だが、彼女は心から驚いていた。

「嘘ではありません。お客さまがご希望の年代で、年収一千万円の男性はオレオレ詐欺に加担している輩《やから》ぐらいです」

（それは今『振り込め詐欺』と警察庁が名称を統一しています。桜沢さん……っていうか、高額所得者は犯罪者ってすごい決めつけすぎだろう）

訂正しつつ内心で突っ込んだ。

「……嘘……」

なんとかのひとつ覚えのように繰り返して、依頼者は息苦しそうに口を薄く開けた。

「本当です。しかもこれは税込みですから、ここから税金や社会保障費が引かれ、手取り額はもっと下がります。意味がおわかりにならないかもしれませんが」

桜沢は余計なひと言をつけ加える。

「……それじゃあ……暮らせないわ……」

おろおろと呟いたものの、すぐにぱっと明るい表情になった。

「父が援助してくれるから、大丈夫よ。きっと」

その呟きに大輔の胸がぎゅっと引き絞られる。

果たして桜沢はなんと言うだろうか。他人事ながら動悸が速くなる。

「一生お父さまに、夫婦ふたり分の面倒を見てもらうつもりですか？　もし子どもができたらその子どもも一緒に？　この先お年を召されていくお父さまに家族中で寄りかかるつもりですか？」

きっぱりした桜沢の意見に大輔は何故か安堵を感じて、鼓動が静まった。

「……ひ」

だが目の前の依頼者が目を潤ませた。

慌てて大輔がハンカチを差し出すと、ひったくるように奪って、目尻に当てた。

「父は私の幸せを願っているの……そのためなら……なんでもしてくれる……わ。それが親だもの……」

ぽろぽろとこぼす涙も芝居がかっていた。

(この人はなにかあるたびにこうやって泣き、面倒なことを避けてきたのではないだろうか)

客に対してしらけた気分になってはいけないと、必死に共感しようとする大輔の隣で桜沢は無言を通す。

誰も慰めてくれないとわかった彼女は、やがて仕方なさそうに涙を止めて、かわいらしい仕草で涙を拭う。

「いいです。もう結構です」

未練たっぷりに鼻をすすり上げながら依頼者は桜沢を睨んだ。

「ちゃんと、私の価値をわかってくれる結婚相談所に行きます。こんなに馬鹿にされるなんて……もうこんなところ来ないわ」

「わかりました」

桜沢は頭を下げる。

「ですが、失礼ついでに申しあげておきます」

桜沢の声が鋭さを増す。

「結婚は大人同士がするものです。親の援助を必要とする人間がするものではありません。あれは嫌、これは嫌、結婚しても今の生活を変えたくない、自分はなにも我慢したくないなどという『お子さま』がするものではありません」

「お子さま……って……」

「お客さまは若く見えるとおっしゃいましたが、若いのではなく幼いのです。三十六歳なら女性としても人としても成熟していていいはずです。世間知らずがかわいい年齢はとうに終わっています。お客さまが若く見えるのは、容姿のせいではなく、無知のせいです」

桜沢は恐ろしい程、的確に言い切った。

「ひ――」

「ひどい」と言ったのか、引きつった叫びだったのかはわからない一声を発した依頼人は、また顔をおおった。

だが、ここで引き下がるような桜沢ではない。

「親が子どものために力を尽くすのは、やがてひとりできちんと生きてほしいからだと私は考えています。それがおわかりにならない限り、どこの相談所に行ってもどんなカウンセラーに訴えても結果は同じです」

心に突き刺さる言葉は、耳を澄ませば慈愛に似た響きが聞き取れた。

それを彼女が聞き取ったかどうかはわからない。だがびくんと肩を震わせた彼女は、胸からこみ上げる呻きを必死に飲み込んでいるようだった。

崩れた姿勢と掠れた呻きはかわいくも美しくもなかったが、来たときの彼女よりは随分と大人に見えた。

なんとか気を取り直し、顔を腫らして帰る彼女を見送った弓削は、「立ち直るのは二ヶ月後ですかね」と指を折りながら予測した。

＊

あれこれ考えると、あらためてこの一ヶ月はまさに怒濤のごとく過ぎていった。思い出しただけで速くなる動悸と一緒に大輔はビールを呷《あお》った。

「ま、仕事だから個人的なことはあまり詳しくは話せないけど、ほんときついぞ。桜沢さんは」

炭酸と一緒にため息を吐き出して、大輔は笑顔で紛らわす。

「でも、事業として結構続いているんだろ？　その愛・燦々は」

柿の種のナッツとおかきの比を丁寧に一対二にしてから典親は指で摘まみだす。

「弓削くん情報によると、五年前から本格的に事業として立ちあげて、相談者の成婚率は九割超え。その後カップルの五年内の離婚率はほぼゼロ……ってことらしい」

「すごいな……優良病院みたいだな」

律儀にピーナッツをふたつに割ってから口に入れて、典親は感心した。

「嘘みたいだけど、本当なんだろうと思う。桜沢さんはよくわからないが、嘘をつく人じゃない。化粧とヘアスタイルは盛りに盛っているが話はストレートだ」

思い出して笑った大輔に、典親もつられて笑う。

「ストレート……。だから愛・燦々なんてベタな社名なのか？　でも所長さんって四十代はじめだろう？　随分レトロ感のある名前だよな」

「そうそう、俺もそれについては聞いた。桜沢さんが言うには、五十音順に並べたときに『あ』が最初だから、社名は『あ』で始めることに決めていたんだと。で、結婚相談所だから必然的に『愛』になる。でもって、自分のクライアントには燦々と陽が降り注ぐような結婚生活を送ってほしい。だから愛・燦々にしたんだそうだ」

「へぇ、そう聞くと良い名前だな」

「そうか？」

大輔は無意識のうちに口をへの字に曲げた。

「結婚生活において快晴の日なんて一年三百六十五日のうち、一月あればいいほうだろう。桜沢さんにしては結婚に幻想を抱きすぎだ」

「まあ、そう言うな。どんなリアリストだって、理想を持たずに仕事をするのは辛いぞ」

典親が軽く笑いながら、大輔の不満を宥める。

「それより、……五十音順の最初って何か利点があるのか？」

訝しい顔をした典親に大輔は重々しく頷く。

「名簿の最初のほうに載るからだ」

「名簿？」

「そう。結婚相談所の有志で作る協会名簿があって、『あ』だと最初に載ることができて、気分がいいんだそうだ」

「あ、そう……よくわからんが、縁起がいいみたいなものか」

典親が中途半端な笑いを浮かべた。

「そうらしい。まあ、半分以上、桜沢さんの趣味だろうけどな」

苦笑いする大輔に典親が穏やかな眼差しを向ける。

「そうか……ま、頑張れ。おまえって高校のときから要領がよくてちょっと八方美人に見えたけど、ほんとは面倒見がいいしな。向いてるのかもしれん」

「八方美人ってなんだよ」

「おまえがバレンタインにもらったチョコレートの数を、俺は忘れていない」

「高校時代の話か？　あんなもの、女子の趣味の一環だ。好き嫌いは関係ないさ」

軽く受け流すが、典親は「いや、違う」と首を横に振った。

「アイドルでもない高校生が、バレンタインチョコレートを三十個ももらうなんて、八方美人以外の何者でもない。容姿だけで、そんなにチョコレートは集まらない。日頃から分け隔てなく女子に愛想を振りまいていた結果だろう」

少し皮肉交じりな口調の典親に、大輔は反論する。

「普通に挨拶してただけだぞ。おはようとか、さようならとか」

「普通の男子高校生は、おはよう、だけしか言わないが、おまえは違った。おはようのあとに必ずひと言ついた」

「俺、何か言ってたか？」

自分でも全然覚えのないことを言われて、典親は顔をしかめる。

「たとえば、髪切った？とか、顔色悪いけど風邪？とか、調子よく付け加えた」

「そうだっけ？」

まるで覚えのない大輔は眉を寄せて記憶を辿る。

「そうだ。女子の髪なんて、坊主にでもならなかぎり普通は気がつかないのに、おまえはなんというか、そのあたり天性のタラシだった。将来おまえは、歌舞伎町ナンバーワンホストになると言った奴がいたよな」

「……なんだよ、それ……」

返す言葉に詰まったのは、高校時代の思い出が照れくさいからではない。

昔はできていたそんな言葉の思いやりを、菜々子との暮らしの中で忘れていたことに、気づいたからだ。

ありがとう。ごめんね。感謝してるよ——短くても気持ちが伝わるそんな言葉を、自分は出し惜しみしていたのではないだろうか。

「……俺は、そんなヤツだったのか？」

おそるおそる尋ねると、典親は軽く笑った。

「まあ八方美人というと聞こえはよくないが、そういう、なんでもない言葉のやりとりが人間関係を柔軟にするんだ。この年になると俺にもよくわかる。人として有益な才能の一つだと思うぞ」

「褒められている気がしないが……とりあえず、頑張るか」

誰より心配してくれる友人を少しでも安心させられたことにほんのわずかに肩の荷が下りる。大輔はわだかまりを忘れるようにビールを飲み干した。

大人の結婚道

「ご苦労さまでした」

弓削がきちんと頭を下げて、荷物を受け取り宅配便のドライバーを送り出した。見送りの声に合わせて、マツイとヒデキもプィプィと高い声でご機嫌に鳴き、ドライバーを労う。

「なに？　爆弾？」

ブラインド越しにさえ照りつける夏の太陽にうんざりしたように、ぐったりと椅子に座っていた桜沢が物騒な問いかけをする。

桜沢が奥の事務室にいることはほとんどなく、予備の椅子にインコ柄のクッションを据えて、窓際に陣取るのが常だ。

彼女いわく「スタッフとのコミュニケーションを取っている」そうだが、別にこんな三人しかいない事務所でコミュニケーションもへったくれもない。単におしゃべりが桜沢の趣味であることは間違いない。

だらけている桜沢の言葉はBGM扱いでいい。

(爆弾がクール便で配達されるわけないだろうに)

伝票を確認しながらいつものように聞き流しつつも大輔は、この相談所ならそういうこともあるかもしれないと、内心その話に乗る。

(なんせ、桜沢さん、口が悪いからなあ……。厳しく指導されたお客さんから逆恨みされても文句は言えない。水羊羹《ようかん》みたいな箱だけど中身は爆弾だったりして……)

もしそうなら大輔も弓削も一蓮托生《いちれんたくしょう》だが、この程度の会話でびっくりしていては到底愛・

燦々のスタッフは勤まらない。

入社してからすでに三ヶ月半が過ぎ、鍛えられた心臓には毛が生えたかもしれない。最初に相談を受けて、大輔の度肝を抜いた男性の依頼者は弓削の予想どおり、二週間後にまともな条件を携えて再訪し、桜沢もにこやかに応対していた。

日々の積み重なる経験から、ここでは何があっても驚いてはならないということを、大輔は自分に言い聞かせている。

もちろん弓削も、普通のことを聞かれたような顔で荷物の配送状を覗きこみ、淡々と答える。

「川野《かわの》さんからなので、たぶんちがうと思います」

「川野さん？」

「あ、あの川野初美《はつみ》さん――」

桜沢が聞き返すのと同時に大輔も声を上げた。

忘れもしない、大輔が愛・燦々にスカウトされる事件の発端になった女性の名前だ。

喫茶店で怪しげな男に金を巻きあげられかけていた彼女だ。

あのとき、「私はちゃんと理由があって貸しました……お金を取られているわけじゃないです」と川野は言った。

だが、その川野が桜沢の名刺を手に愛・燦々にやってきたのは大輔が入社した半月後だった。

「……ご相談に乗っていただきたくて」

大輔がいることに驚いた顔をしたものの、川野は深々と頭を下げたあとそう切り出した。

＊

応接室で大輔と桜沢に向かい合った川野は、緊張した面持ちでＡ４のノートを差し出す。

「桜沢さんに言われたとおり、あの人……佐藤貴之と会ってから使ったお金を書き出してみました」

「拝見しますね」

一度声を掛けてから桜沢はノートを開いた。

灰色の表紙を開くと、真面目な学生のような四角張った文字がぎっしりと並んでいた。

大輔は隣から覗く形になったが、川野は膝《ひざ》に両手を置いて視線を落とし、唇を固く結んでいる。

覚悟を決めたような川野を見るのも気が咎《とが》めて、大輔はノートに注意を戻した。

（うわっ……）

書かれている内容に大輔は内心で呻く。

――一月一日。初詣。賽銭《さいせん》の小銭がないという彼に五百円玉を渡す。

（人からもらった金で願い事をして、ご利益があるわけねぇ……）

――一月二日。初売り。年末忙しくてＡＴＭに行けずに持ち合わせがなくクレジットカードを〝うっかり〟忘れたという彼に福袋代二万円を渡す。

――一月三日、二日と同じ理由を言って友人との新年会に行く彼に一万円貸す。ＡＴＭが使えるようになったら返すという約束は不履行。

（男としてあり得ない……っていうか、人としてあり得ない）

そのあとも同じ調子であれこれと川野から金を引き出す男に、大輔は怒りと同じだけ虚脱感に襲われる。

なんとも言えない気持ちで、大輔はため息を押し殺す。

だが桜沢は姿勢ひとつ崩さずにノートを最後まで読み切った。

「で、どうするおつもりですか？」

カフェで会ったときとはちがう、丁寧な仕事用の口調で桜沢は川野に顔を向けた。

愛・燦々に来た人間は桜沢にとっては客。

大雑把なようでいて、自分の中できちんと一線を引いている桜沢からは所長らしい威厳が醸《かも》し出されていた。

桜沢から正しい答えを引き出すように、川野が縋《すが》る目になった。

「結婚詐欺で訴えるつもりならば、その手の案件に強い弁護士を紹介します」

「結婚……詐欺……」

自分に言い聞かせるように呟く川野に、桜沢は力強く頷いた。

「結婚詐欺の告発はとても難しいので、しっかりした弁護士をつけなければ戦えません。まず、本当に結婚の約束をしていたという証明はできますか？　そういうことをする男は尻尾を摑ませないようにしているものです」

頰に手を当てて、川野は考え込む視線を流す。

「……そうですね……結婚しようってはっきり言われたことはなかったかも……ありません」

桜沢の視線に同情と理解が浮かぶ。

「相手は川野さんが勝手にお金を出したと当然のように主張するでしょう」

深く俯いた川野の顔には悔しさより哀しさが滲む。仮にも男なら、一度でも付き合った女にさせてはいけない顔だと思え、見ている大輔の胸も切なく痛んだ。

同時に、自分も菜々子にこんな顔をさせたのだろうかと、不安が過《よ》ぎる。

「彼を糾弾するもしないも、川野さん次第です」

「私は……」

自分の心の中を見つめるように俯いていた川野は顔を上げて、桜沢と視線を合わせた。

「先に進みたいと思います。彼のことは……もう忘れます。これ以上関わっても、いいことがあるとは思えません。安易に彼を信じた私にも隙があったんだと思います」

「そうですか」

桜沢は微笑んだが、大輔は釈然としない。

一度一度の金額は多くても数万円。少なければ百円単位だ。

だが塵《ちり》もつもればなんとやらで、概算ではすでに総額二百万円ぐらいになっているはずだ。

三十代の独身女性が真面目にこつこつと働いてためた二百万円の価値を、騙した男は全然わかっていない。しかもそいつは彼女の金を奪っただけではなく、心まで深く傷つけた。

賢《さか》しらな人が、『騙された人にも責任がある、隙をつくるな』などと言うが、そうだろうか。

誰かを大切にしたい、愛したい、愛されたいと望む純粋な気持ちを利用するような人間は、人間をやめた方がいい。

人間でいたいなら、人の世の法律に倣って罰せられるべきだろう。

ひとり怒りを滾《たぎ》らせている大輔とは逆に川野は落ち着いた顔になった。

「桜沢さんに言われたとおりにこれを書きながら、いろいろ考えました。最初は、彼を結婚詐欺師だなんて言う桜沢さんが間違っているって言いたかったんです。でも……思い出しているうちに……だんだん、桜沢さんの言うことは本当なんだって思えてきました」

微かに頬が引きつるが、川野の声に動揺はなかった。

「なんてひどい男だろう。なんて、狡《ずる》い人だろう――一つひとつ思い出すたびに、彼への怒りがこみあげてきました……でも、私、本当は気づいていたと思うんです」

口を挟まない桜沢に川野は薄い笑みを浮かべる。

「私のことが好きなら、こんな扱いはしないはずだって、心のどこかでは感じていたんです。なにも高いものを奢ってほしいわけじゃありません。割り勘でご飯を食べるのだって楽しいし、お給料日だったら私が奢るのだって当然です。でもデートのときにしょっちゅうお財布を忘れてくるのはあたりまえじゃないですよね」

「ええ、そう思います」

桜沢が静かに同意する。

「……認めれば自分が惨めになる。気がつかなければ幸せでいられる……そんなの本当の幸せじゃないのに、必死に自分を誤魔化していたんだって、わかりました」

「辛かったですね」

短い桜沢の相づちには、おざなりではない優しさがあった。川野もそれを感じ取ったのだろう。声に力がこもる。

「悔しくて、哀しくて、辛くて……自分の馬鹿さ加減に腹が立って……恥ずかしくて……楽しかったことさえ忌々しい――でも、最後まで書き終えたとき、憑《つ》きものが落ちたみたいに体が軽くなったんです。宝だと思って握っていたものが、割れたガラスだったら捨てるしかない。間違いを認めて、やり直すしかないって、わかりました」

真面目な顔に光がさして表情が明るくなった。

「私は幸せになりたいんです、桜沢さん」

「それはとても大切な気持ちです」

　桜沢が深く頷きながら身を乗り出した。

「川野さん、今のあなたにとって、幸せとはなんですか？」

「結婚です」

　少し頬を染めたものの川野は視線を逸らさずに答える。

「私は小さい頃からお嫁さんになりたかったんです。こまごまと家の手入れをする母を見ているのが大好きでした。母の手が動くとどこでも居心地がよくなって、父も兄もみんながリビングから動かないで、ずっと寛《くつろ》いでいるんです。それが子ども心にすごく幸せでした。きっといつか、自分もそんな家庭を作りたいと思っていました。進学も就職も選択が自由な今時の女性としては、特別な野心がないと言えばそうですが……」

「それもひとつの野心です。野心というのは社会的に華やかな成功を収めることだけをいうとは思いません。自分の力を尽くして家族を幸せにしたいというのも、立派な野心だと私は思っています」

　川野がぱっと嬉しそうな顔になる。だがそれもすぐに消えて、生真面目な目になった。

「それなのに、馬鹿なことをしているうちに、とうとう今年、三十三歳になりました。見たとおりなんの取り柄もなくて、どんどん結婚から遠ざかっています」

「自分を卑下《ひげ》するのはよくありません。川野さんをアイドルとか女優並みなどとは言いませんが、ひと目で真面目で誠実な方だとわかります。そういう女性が結婚相手として好ましいと思う男性はたくさんいます」

安易な慰めや褒め言葉を言わないのが桜沢らしい。

川野もまた見え透いた慰めなどいらないらしく、素直に聞き返す。

「本当にそうでしょうか？」

「はい。私もだてに結婚相談所の所長をやっているわけではありません。誠実さは結婚生活を長続きさせるためには絶対に必要なものです。真面目すぎて人を疑わず、つけ込まれるのは欠点ですが、その誠実さや真面目さを尊重してくれる人と巡り会えば、きっと川野さんの望む幸せに近づくと思います」

桜沢の口調はゆったりとして、聞いている大輔の胸にも小さな希望が湧いてくる。

なにかを守るように川野は胸に両手を当てて、桜沢を見つめた。

「私に力を貸してもらえますか？　桜沢さんなら信用できます。ここに入会させてください」

迷いのない視線をしっかりと真正面から受け止めた桜沢はゆっくりと頷く。

「ありがとうございます。愛・燦々が責任を持って、川野さんにふさわしいお相手を紹介いたします。一緒に頑張りましょう」

自信たっぷりな桜沢の笑みに、大輔はただ圧倒されるだけだった。

＊

「ああ、エリートサラリーマンと婚約中の川野さんね。このあたしが腕によりをかけて取り持ったんだもの、あたしへの感謝で胸がはちきれそうなはず。ということは、爆弾ではないわ。開けてみてよ、弓削くん」

あくまで自分で調べるつもりのない桜沢に言い返しもせずに、弓削は丁寧に包みを解きはじめた。

「川野さんのお相手って外資系の商社でしたよね」

「そう、俗に言う高学歴で高収入、モデル並みの容姿、今後の展望はストップ高の好条件だったわ」

「……なんでそんな人が、ここに流れ着いたんです？」

言ってから、自社への暴言だったと気がついてはっと口を押さえるが、桜沢は全く気にせずにあっさりと言う。

「問題ありだったからに決まっているじゃない」

「……はあ」

「はあ、じゃなくて後学のために、あたしの凄腕振りを聞きなさいよ」

暇を持て余している桜沢は、もっともらしく話を続ける。

「何もかもを持ってる男は、結婚で自分の価値を下げるなってまっぴら、そう考える。川野さんの彼もその例にもれず、トロフィーワイフを得ようとして、大やけどをしたのよ」

「トロフィーワイフって、社会的成功をおさめた男性がほしがる、他人に見せびらかせるような美しい妻ってヤツですよね」

「そう。男って哀れだわ」

桜沢は芝居がかったため息をつく。

「美しさなんて儚いの。あたしみたいに年々美しくなる女なんてそうそういないことが、わかってないのよ」

「そうですね」

心を無にして大輔は答える。

「つまり脳みそが八丁に変わっていた彼は、トロフィーワイフになれる女性を選んで、カードを限度額まで使われた上に、二股をかけられたあげく、婚約破棄よ」

「――ほんとですか？」

「嘘を言ってどうするのよ。婚約不履行で訴えるって方法もあるけど、プライドの高い彼は裏切られたことを公にできなかった。で、何もなかったってことで収めちゃったわけ」

「……それも結構あとを引きそうですね」

「でしょう？　で、彼は裏切った相手よりもっといい相手を探そうとして、結婚相談所ジプシーよ」

「で、最後はうちへ？」

「そりゃそうでしょ。『いい相手』の基準が間違ってるんだから、見つかるわけがない」

同情も見せずに桜沢は言い切る。

「それで愛・燦々に来て、桜沢さんに一喝されて覚醒《かくせい》したんですね」

こちらもずばっと聞くと、桜沢は深く頷いた。

「上手いこと言うわね、大和田くん。そうあれはまさに覚醒だわ。彼は気がついたのよ。自分の結婚したい相手が、派手な女じゃなくて家庭を守って自分を立ててくれる、穏やかで誠実な人だってことに」

「それは、川野さんがぴったりですね」

「そうなのよ。川野さんにも見合いに備えて、ドレスアップの方法を伝授したわ。誠実も質素もいいけれど、ああいう男をゲットするには、ある程度お金をかけた美が必要なの。ネイルでもつけまつげでも、自分のために特別に装ってくれたって思いたいのよ。そんな男の見栄なんてかわいいものだから、そこは譲歩するように、川野さんにもこんこんと言って聞かせた。彼女は騙され易いぶん素直だったから、アドバイスをよく聞いて努力してくれたけど。かくしてめでたく婚約成立」

桜沢は満足そうな顔をする。

「それもこれも、あたしの慈悲深さがなせる技よ。そう考えるとあたしって、結婚相談所の所長っていうより、弥勒菩薩《みろくぼさつ》って感じじゃない？」

「……俺としては不動明王《ふどうみょうおう》を押したいです」

「どうして？」

顔をしかめた桜沢に、大輔は深入りをやめてさっさと話題を変える。

「それで、川野さんの婚約者さん、福岡支社に転勤ですよね。入籍はいつなんですか？」

交際三ヶ月で結婚を決めた川野を大輔は思い出す。

婚約の報告に来た彼女は、洋服も化粧もすっかり垢抜け、なにより明るい雰囲気がカフェで男性に騙されかけていた女性とは別人だった。

幸せが人を変えるというのを、大輔はあのとき実感した。

「福岡の婚約者の仕事が落ち着いたら、現地で結婚式と入籍だって。今は新居の準備で忙しいと思うわよ。もう福岡にいるんじゃないかしら」

「そうみたいですね。この荷物は福岡からでした」

弓削が立派な木箱を持ちあげて、桜沢に示した。

「明太子です」

「桐箱入り明太子？　すごいわ！」

桜沢が目を輝かせて、声をあげた。

「さすが未来のセレブマダムね。明太子ひとつにも風格が漂うわあ」

うっとりと明太子入りの桐箱を見つめる桜沢の現金さに大輔はさすがに呆れる。同時に、川野の変わり身の早さに微《かす》かな違和感を覚えてしまう。

ついこの間まで、質《たち》の悪い男性にずるずると引きずられ、金を騙し取られていたのに、結婚詐欺として男性を訴えることもしなかった。

たった三ヶ月程度で、彼女の中ではなにもかもなかったことになっているのだろうか。

（女性って結構都合よく忘れるんだな。あんな過去も単なる失恋のひとつになっちゃうもんか？）

引きずっているのは案外男のほうだけなのかもしれない。

菜々子もとっくに大輔のことなど頭の片隅にもなく、自分の両親と祖父母と香奈だけが最初からの家族のように暮らしているのだろうか。

そんなことはないと思いたいが、川野のあっという間の変貌を見ると、なんだか寂しい気持ちになるのが止まらない。

（女性に同情なんて必要ないのかもな……男のほうがいつまでも相手のことを考えたり過去をやり直したいと思うのかも。なんだか男って独りよがりで孤独だな……）

どんよりした気分と納得できない思いが顔に出たのだろう。桜沢が面白そうな顔になった。

「なにか不満でも？　大和田くん」

「いえ、べつに」

慌ててつくった笑顔はしかめっ面に近かったようで桜沢は唇だけで笑った。

「べつにって顔じゃないわねえ。もしかしたら川野さんが幸せになるのが気に入らないとか？」

「まさか！」

さすがにそれはない。

けれど今の彼女の割り切りぶりを見ていると、あのとき自分や桜沢が必死になって庇わなくても、彼女は大丈夫だったのではないかと思う気持ちはある。

「ただ……俺が思うより彼女は強かったなって感じただけです。自分のことを一番大事にする方法を本能的に知ってる人っていうか」

自分で思っている以上に口調が強くなるが、桜沢は咎《とが》めずに聞き返す。

「それはつまり、彼女が狡《ずる》いって意味かしら？」

「狡いっていうか、詐欺にあったこともあっという間にきれいさっぱり忘れられるんだって、思ったんです。俺だったら悔しくて、絶対許せなくて、訴えてちゃんと罪を償わせたいです。だってこのままだとあの男は逃げ得なんですよ！」

むかむかをそのままぶつける大輔に弓削が微かに目を瞠《みは》り、桜沢は唇を引きあげてなんとも言えない笑みをつくった。

「大和田くんは昭和の正義感の持ち主ね」

「意味がわかりません」

正しいことが古い価値観のように言われて大輔はむっとして言い返す。

「茶化してるわけじゃないわ。ただ、正しさなんて人によってちがうんじゃないかしらってこと。大和田くんの正しさが川野さんを幸せにするわけじゃないわ」

椅子に座り直した桜沢は大輔とまっすぐに視線を合わせた。

「川野さんは結婚詐欺にあったとあたしも思うし、川野さん自身もそれを認めている。けれど結婚詐欺は被害者側が訴えなければ罪にならない親告罪《しんこく》。だから訴えるも訴えないも、被害にあった人次第。川野さんは訴えないことを自分で選択した。誰に強制されたわけでもないし、それでいいじゃない」

「そうでしょうか？　あの男はまたどこかで人を騙しているはず。腹が立たないんでしょうか？　罪を償わせて初めてけじめがつくと思うんです。それからが自分の本当の人生だって胸を張って一歩を踏み出せる気がしますけれど」

弓削は大輔の怒りから身をかわすように明太子を冷蔵庫に入れにいく。

桜沢はその背中を見送ってから口を開いた。

「訴えたって、時間もお金もかかるし、川野さんが勝つとは限らないのよ。騙した男が絶対悪いのに、騙された女も悪いって口さがなく言う人がどれほどいることか。一部のマスコミやネット上の無遠慮な論調を見れば、誰だって簡単に想像がつく。そんな不確かな勝負をしたくないと思ったって仕方がないわ」

「でも……結婚詐欺は女の敵ですよ。今だって他の人を騙してるかもしれないのに……野放しにしていいんでしょうか？　他の人のためにも懲らしめたほうがいいのに……」

せっかく幸せを摑んだ川野をあまり責めるのも人でなしな気がして大輔は語尾を濁した。

「自分が幸せじゃないのに、どうして他人のことまで考えなくちゃならないの？　大和田くんはそれができたけれど、川野さんはそれほど強い人じゃないわ」

桜沢は穏やかな調子で続ける。

「人には分相応というものがあると、あたしは思う。人のためになにかができる気力と体力があるならば、そうすればいい。でもそうじゃない人はまず自分の幸せを考えることが先決よ」

「自分の幸せ……？」

——宝だと思って握っていたものが、割れたガラスだったら捨てるしかない。間違いを認めて、やり直すしかないって、わかりました……私は幸せになりたいんです。

そう言ったときの川野の明るい表情が浮かんできた。

「他人のためになにかするより、まず自分が幸せにならないでどうするの？　だいいち、幸せじゃない人が他の人を幸せにできるわけがないじゃない」

桜沢はきっぱりと言い切った。

「川野さんは他人と戦うことに喜びを見いだす人じゃない。辛いことも哀しいことも自分の中で静かに飲み込んでしまうタイプなのよ。それがいいか悪いかじゃなくて、人としての資質のちがい」

「資質のちがい……ですか」

そう言われればたしかにそうかもしれない。

自分は誰に反対されようと菜々子と結婚しなければ納得しなかった。だがたとえば、友人の典親ならちがっただろう。誰かを不幸にする可能性が高いと判断したならば、最初から引き下がったと思う。

けれど、大輔は典親を臆病だと思ったこともなければ、情けないと感じたこともない。彼には彼のやり方があるだけだ。

「……そうですね……自分が考えていたように人が行動しないからって責めるのは間違いですよね。俺は……女性に対して期待しすぎるのかもしれません」

菜々子との食いちがいをまた思い出して、大輔は苦い気持ちを噛みしめる。

あのとき、もっと菜々子の価値観を理解しようとすれば、家庭を壊さずに済んだのではないだろうか。

菜々子はどう思っているのだろう。たまには自分のことを考えてくれるのだろうか。

結婚したことを後悔して、二度と思い出したくないと考えているのか。

正しい家族のあり方に拘《こだわ》りすぎて、結局家族を失った。

「……幸せでなければ、正しさなんて意味がないかもしれない……ですね」

思わずそう口から出た大輔に、桜沢が真面目な顔で首を横に振る。

「意味はあるわ。人を騙したり傷つけたりして得た幸せなんて蜃気楼《しんきろう》よ。土台が腐った幸せなんて所詮はまがい物で、すぐに消えるわ。川野さんを騙した男は一生、幸せそうな蜃気楼を追いかけて走り続けるのよ。そう考えれば惨めな人生だと思わない？」

「ええ……そうですね」

「でしょ？　大和田くんのまっ当な正義感はいつか固い土台になって、大和田くんだけの幸せを積みあげていくはずよ」

桜沢の珍しく感動的な言葉に大輔はちょっと胸が熱くなった。

だが軽く感動している大輔の顔を見た桜沢はふふんと鼻を鳴らした。

「まあ……いつになるかは神のみぞ知るってやつだけど」

大輔の感動をあっさり削いだ桜沢は、話が終わったタイミングを見計らって現れたらしい弓削に声をかける。

「それでね、弓削くん」

なにが「それで」なのかはまったくわからないが、弓削は驚きもしないで、「なんでしょうか」と聞き返す。

「明太子ってことはポン酒《しゅ》で一杯やらないと、申し訳ないでしょう」

舌なめずりせんばかりの顔で、桜沢はくいっとおちょこを口元で傾ける仕草をした。

「わかりました。就業後、事務所で飲み会ですね。冷酒を買ってきます」

「飲み会じゃなくて、お客さまからの感謝の気持ちを味わう会、よ」

「長くてわざとらしいです」

「えーそう？　ほら、抽象画の題名によくあるじゃない。『私という存在と空間の透明なマリアージュ』とか、『孤独と時間の戦いに押しつぶされるアメフラシと私』とか、なんじゃこりゃ的な題名」

弓削の淡々とした突っ込みに桜沢はあっけらかんと返した。

「……絵画の題名は作者の心の叫びです」

絵のことにだけは感情を動かす弓削が少し気色ばむが、桜沢は一向に気にしない。

「飲みたいっていうのもあたしの心の叫びよ……ああ、早く仕事が終わらないかしら。こう暑いと誰も結婚したいなんて思わないわよねえ」

「どういう意味ですか、それは」

「当然のこと聞かないでよ、大和田くん。隣に人がいると余計暑いじゃない。冷房だってひとりのほうが効きがいいし。人恋しくなるのは断然、冬よ。そう考えれば、愛・燦々は夏期閉鎖でいいかもねえ……動物園だって冬期は閉めるでしょ」

「いつの話ですか。いまや動物園は冬だって工夫して開園してますよ。客が来ないからってあっさり閉めたら商売になりませんよ」

謎の理屈でやる気のなさをアピールした桜沢は、呆れる大輔を尻目に、愛用の椅子に座ったまま伸びをした。

「じゃあ、僕は買い出しに行ってきます。いつもの酒屋さんでツケにしてもらっていいですか」

そう言って立ちあがった弓削に桜沢は頷く。

「ご主人によろしく言ってちょうだい。今年の新酒の出来もついでに聞いてきてよ」

見た目の期待を裏切らずに酒豪の桜沢は、近所の酒屋と懇意にしていてツケ買いができる上客だ。

「仕事が暇なら俺も一緒に買い出しに行ってきます。酒瓶も重いですから手伝いがいたほうがいいですよね」

やる気のない桜沢といるのも余計暑くなりそうで、大輔も席を立った。

「いってらっしゃーい。ゆっくりしてきていいわよ。ひとりだと事務所も涼しいし」

片手を振りながら桜沢はふたりを送り出した。

冷房の効いた事務所を出ると、外は目が眩《くら》むぐらい暑かった。

「冷酒もいいけど、こんな日はとりあえずビールを飲みたいなあ」

「それでしたらビールも買いましょう。桜沢さんはアルコールはなんでもいける口なんで、大丈夫です」

「ありがたい」

「明太子だけじゃ寂しいですから、乾きものとか簡単なつまみも買いましょう。なにがいいですか？」

「スルメ、かな」

「あれは駄目です。炙《あぶ》ると事務所に匂いが残りますから、塩豆とかピーナッツで妥協してください。どうしても海産物がよければ味付きカワハギはぎりぎり大丈夫です」

「ああ……なるほど。じゃあ塩豆がいいな」

手慣れた調子で仕切る弓削に感心しながら、ぎらぎらと照りつける日差しの下、酒屋に向かう。

歩いていても目が眩むまぶしさに手をかざしたとき、向かい側から自転車に乗った若い男性がやってくるのが見えた。

「なんだか、ふらふらしてないか？」

目を細める大輔に弓削も目を凝らして頷いた。

「まさか熱中症じゃないでしょうね……」

大輔と弓削が気遣う視線の先で自転車ごと男性が地面に倒れる。

「やばい——」

慌てて大輔が駆け寄る。

「大丈夫ですか？」

跪《ひざまず》いて男性の肩に手をかけると、白い顔が大輔を見あげた。

意識があることにほっとして、大輔は彼を抱えるようにして立ち上がらせる。

「す……すみません。ありがとうございます」

細い声で礼を言った青年は具合が悪いことを差し引いても弱々しい感じで、大輔よりひと回りぐらい小さい。

「……暑くて……ちょっと……あ……っ」

地力で立とうとした青年はまたふらりと大輔にもたれかかった。

「ちょっと弓削くん。この近くの病院ってどこ？」

「大原《おおはら》医院ですね。この先の角を右に曲がってすぐです」

「じゃあ、僕はこの人をその病院へ連れて行くから、お使いは任せていいかな？」

青年を支えながら頼むと、弓削が自転車を起こして頷く。

「もちろん。じゃあ、僕は先に行ってこの自転車を大原医院の入り口に置いてから、お使いに行きます」

そう言って自転車を押して弓削はすたすたと歩きだす。

乗ればいいのに他人の自転車だからなのか、律儀に押して運ぶのが弓削らしい。

その辺りの自制心とよい意味での融通の利かなさが桜沢に気に入られている一因だろうと思いながら、大輔は青年を抱えて病院へと向かった。

弓削の言ったとおり、道を曲がるとすぐに『大原医院』という看板が見えた。

閑静な街並みを邪魔しない、少し古びたガラス戸から青年を抱えつつ中に入った。

受付カウンターの中にいた年配の女性事務員が、大輔を見て目を瞠った。

「この人がいきなり倒れてしまったので、診ていただきたくて……」

病人を抱えてきたことへの当然の反応だと思いながら頼むと、彼女が「とにかく患者さんを椅子に座らせてくださいね、大和田さん」といきなり大輔の名前を呼んだ。

「え？　俺……あの？」

大輔が驚いている間に、カウンターの内側から出てきた彼女が、手際よく青年を待合のソファに横にした。

ふたりの会話を聞きつけたのか、診察室の中から出てきた女性看護師が「あら、熱中症かしら」と言いながら、青年の首筋に手を当てた。

「すぐに先生に診てもらいますね。大和田さんも一緒に入ってくださいね」

看護師にまで当然のように名前を呼ばれた大輔は、あ然とした顔で頷くしかできなかった。


大原医院に連れていった青年は点滴中に顔色を取り戻した。

ほっとする大輔に、医者が声をかけた。

「もう大丈夫だよ。大和田くん。会社にもどりなさい」

医者にまで親しげに名を呼ばれ、とうとう大輔は「どうして私の名前を知っているんですか？」と尋ねた。

「竜子さんがここで開業したときからの付き合いだからね。勤めている人の名前もちゃんと知ってるよ」

「そうなんですか……ご挨拶もせずに飛び込んで失礼いたしました」

遅ればせながら頭をさげると、医師は「かまわないよ」と手を横に振った。

「竜子さんは愛・燦々のスタッフが変わると、これこういう人が入ったが、怪しい人間じゃない。何かあったら自分に連絡をしてくださいって、それは丁寧に挨拶をしてくれるからね」

にこにことそう言った医師に、大輔はもう一度頭をさげた。

つまり桜沢はこの辺りでは、酒屋にも病院にも顔が効くということだ。

大輔が愛・燦々のスタッフであることを知っていた医者のお陰で、あれこれと説明せずにすんだ上に、「なにかあったら連絡するから仕事に戻りなさい」とまで勧められた。

近所付き合いの大切さを実感しながら事務所に戻り、罪悪感を覚えつつ酒盛りを始めた。

だが途中で、青年が無事に帰宅したことを大原医師がわざわざ連絡をくれたので、酒盛りはなんの憂いもなく盛り上がった。

そう考えると全てが桜沢の根回しのお陰だ。

傍若無人に見えて、ご近所付き合いは案外上手にこなしている桜沢は、経営者の資質があるのだろう。

*

昨日、三人でビールを数本と一升瓶を空けた疲れも見せずに、桜沢はメイクも髪型も、そして胸を強調した洋服をばっちりと決めている。

「こう暑くちゃ、倒れるわよねえ。大事にならなくてよかったわ」

熱中症の青年を助けた翌日も快晴で、午前中で既に三十度を軽く超えている。

「そういえば大原先生が、桜沢さんに飲みすぎに気をつけなさいと伝えてとおっしゃってましたよ」

「一度だけ珍しくお酒が残っちゃって、点滴してもらったのをいつまでも覚えているみたい。あの先生も無駄に記憶力がいいわね」

桜沢は顔をしかめるが、二日酔いで点滴が必要なほど飲む女性というのはなかなか珍しいからだろう。

「それにしても、今日も閑古鳥が鳴くわ。ひーまーぁ」

「鳴いているのは閑古鳥《かんこどり》じゃなくて、マツイヒデキですよ」

大輔のぼやきに合わせて、カウンターの上のコザクラインコが元気よく鳴いて、羽ばたきをした。

「閑古鳥って言葉を知ってるんだ。大和田くん案外オヤジね」

自分で言っておいて桜沢は驚く。

「実家の父が職人のせいかもしれませんが、仕事がないときは閑古鳥が鳴くっていうのは子どもの頃から普通に聞いてるんですよ。もうひとつ言うと、閑古鳥はカッコウのことだって、母が教えてくれました」

「そうそう、カッコウってかわいそうに評判が悪いのよ。托卵《たくらん》する狡い鳥って言われたり、商売がうまくいかないシンボルにされたり気の毒よね。あの、空気の抜けたようなアホっぽい鳴き声がいけないのかしら」

「……一番かわいそうなことを言っているのは桜沢さんです」

冷房が効いているはずなのに、昨日の酒が残っているせいで体がだるい大輔は、気の入らない口調で混ぜ返した。

弓削だけがいつもと変わらない調子で机に向かって、仕事をこなしている。

もっとも一升瓶の半分は桜沢が開けて、残りの三分の二以上は大輔だったから、ビールと合わせても弓削自身はそう飲んではいない。

それでも体調管理は社会人の基本。これでは給料泥棒になってしまうと大輔が気合を入れ直したとき、事務所の扉が開いた。

「あの……すみません」

「いらっしゃいませ」

素早く立ちあがって弓削が招き入れた客に、大輔は目を瞠った。

「あ……昨日の……」

「昨日はどうもありがとうございました。助かりました」

自転車ごと倒れた青年が、大輔に向かって深々と頭を下げた。

「大原先生に、『愛・燦々』のことを教えてもらったので、お礼に来ました。これ、つまらないものですが……」

そう言いながら青年は手にしていた紙袋を差し出す。

「大和田くん、病みあがりのお客さまをいつまでも立たせておかないで、座っていただきなさい。弓削くん、冷たい飲みものを差し上げて」

先ほどまでのやる気のなさは芝居だったのかと思うほど、鮮やかな笑みを浮かべる桜沢に促されて大輔は青年を応接室に招き入れた。

おどおどと辺りを見回し、落ち着かない様子で座った青年の向かいに大輔も腰を下ろす。自分と同年代だと思うが、なんとなく覇気が感じられないのは、まだ本調子ではないせいだろう。

「もう、身体は大丈夫なんですか？」

「ええ、軽い熱中症というか……寝不足というか……」

「熱帯夜続きですからね。……もう大原先生にお聞きになっているとは思いますが、私はこの愛・燦々のスタッフで大和田大輔といいます」

大輔が差し出した名刺を彼はおずおずと両手で受け取り、少し困った顔になる。

「僕はあの……葛西敦樹《かさいあつき》といいます」

「葛西さんですね。この近くにお住まいなんですか？」

自分がわずかでも無職だったときの気持ちを思い出して、大輔は葛西の職業を尋ねることをせずに、当たり障りのない話題を持ち出した。

「はい……ここから自転車で十五分ぐらいのところです」

「ああ、それで昨日この辺りにいらっしゃったのですね」

「ええ……すぐに戻るつもりだったんですが……」

ぽつぽつとしか答えないが、葛西にぶっきらぼうという感じはない。おどおどしてはいるが、人を拒絶する雰囲気はなく、むしろなにか話したそうにも見える。

夏だというのに、簡単なジャケットを羽織って、わざわざ礼を言いにやってくるところをみると、きちんとした性格なのだろう。

「あの……ここって……」

聞き淀む葛西に大輔は微笑んで答える。

「結婚相談所です。機会があったらお知り合いの方にご紹介ください。親身になってご相談に乗ります」

葛西が独身かどうかさえわからないまま、大輔は愛・燦々を売り込む。

「……入会の条件ってあるんですか？」

相変わらずおずおずとだが、葛西は少し身を乗り出した。

「難しい決まりはとくにはありませんが、今現在、結婚予定がなく、親密な関係にある恋人もいない、まっさらな独身であることが絶対条件です」

ここで勤めて約三ヶ月半、結婚相談所に独身者以外が来るわけないだろうという常識を、大輔はとっくに打ち破られている。

——離婚予定だからとりあえず入会したい。

——今のパートナーがしっくりこないので、いい人がいたら結婚し直したい。

——婚約者以上の相手がいるような気がする。後悔しないように他を当たってみたい。

——今の恋人をキープしつつ、出会いがほしい。

寝言だってそんなことを言えば、離婚騒ぎになるかもしれないということを、堂々と言い放つ入会希望者に、大輔は自分のあたりまえが他人のあたりまえでないことを肌で知った。

相手が自分のあたりまえとちがうあたりまえを持っていても、驚かない。軽んじない。あくまでビジネスとしてだが、今や大輔は、他人の気持ちに寄り添うということを肝に銘じて、確認を怠らない。

「それと、定収入があることが望ましいですね。こんな時代ですから男女ともに、継続的に仕事をしている方のほうが婚活には有利です」

「はあ……そうですか」

俯いて返事をしたが葛西は、思い切ったように顔をあげた。

「あの――入会したら結婚できますか？」

一気に言った葛西はごくっと生唾を飲み込んだ。

「その方次第です」

厳しく聞こえる言葉だが、正直に言う。

相手に無駄な期待をさせてはならない。最後の駆け込み寺はあくまで真実を伝えなければならない。真実に向き合う人だけが望みを叶えられる――それが桜沢の、ひいては愛・燦々の基本方針だと大輔はわかりはじめていた。

「もちろん私たちスタッフは全力でサポートします。けれど、結婚を決めるのはご本人しかいません」

「そう……ですよね」

肩を落とした葛西は、弓削が運んできた冷茶のコップを両手で持つとため息をついた。

「僕みたいな人間は……諦めたほうがいいんでしょうね……」

少し頼りない感じもするが、清潔で険のない雰囲気は決して女性に疎まれるものではない。母性本能をくすぐられる女性も十分いそうだ。

「失礼ですが、葛西さんはおいくつですか？」

「あ……二十九です」

「そんなに若いのに、なにを諦めるんですか？　もちろんいくつになっても諦める必要はありませんが、二十代なんて仕事も結婚もこれからじゃないですか」

「もうすぐ三十です」

あくまでネガティブな思考に流れる葛西に、大輔は微笑む。

「私は三十一ですよ。葛西さんの説によると、もう諦めの年代ってことになります」

「あ、いえ、そういう意味じゃないです。すみません」

ぱっと青ざめて葛西は頭を下げた。

「さっき大和田さんが言ったように、その人次第です。僕なんてとくに取り柄もなくて、将来もまっ暗ですから、終わったようなものです。この先もずっと同じことの繰り返しでしょう……」

「失礼ですが、葛西さん、お仕事は？」

投げやりというよりは、仕事に疲れ切ったためにこの先に希望も持てず、明るくなれないというように見える。

「喫茶店のスタッフです」

「この近くのカフェですか？　どこでしょうか？」

事務所周辺の飲食店はチェックをしているが、これまで入ったカフェで葛西を見た記憶はなかった。

「カフェなんて洒落たものじゃないです。近くの住宅街で父方の祖父の代から続いている、古い喫茶店です」

葛西はそれがまるで悪いことのように俯いた。

「ああ、ではスタッフというより、葛西さんは跡継ぎですか」

静かな住宅街のせいなのか、この辺りは隠れ家的な店も多い。

祖父の代からの喫茶店というからには、周囲の住民に愛されているにちがいない。葛西が言うような単なる古い喫茶店ではないだろう。

「跡継ぎ……一応そうなんでしょうけれど、僕には無理だと思います」

葛西は小さくため息をついて、首を横に振った。

「店は常連のお客さんがほとんどなんですが、僕の淹れたコーヒーは文句ばかり言われます」

「文句、ですか？」

「はい。父が亡くなってからは母がずっとやってますが、母は祖父の教えを守り、コーヒーを淹れるのが本当にうまいんです。だからお客さんはその母の味を覚えていて、僕のコーヒーは全然味がちがうって、叱ってきます。これで同じ代金なのかって言われることもあるんです」

「お客さんがそこまで言うんですか?」

口に合わなければ次は行かなければいいだけなのに、客とはいえ失礼な気がした。

「僕がまだ小学生の頃から通ってくれているお客さんなので……仕方がないのかもしれません」

深いため息をついてから葛西は歪《いびつ》に笑った。

「仕事ができない男は恋もできません」

まるで重荷を下ろしたいとでもいうように、彼は自然に話を続けた。

「この間、振られました」

こういうことは案外利害関係のない他人のほうが打ち明けやすいのかもしれないし、大輔が結婚相談所のスタッフなので口は軽くないと気を許したのかもしれない。

いずれにしても、この仕事は他人に心を開いてもらえることが第一条件だ。

葛西が入会するかしないかは別にして、大輔は彼の話を真剣に聞く姿勢を取った。

「中学のときの同級生だったんです」

「付き合いが長いんですね」

「知ってるってだけです。彼女は中学時代からはきはきして頭がよくて、生徒会で活動したりボランティアをしたり、先生にも認められている学校のスターで、僕はずっと憧れているだけでした。ちゃんと付き合ったのは、大学に入ってからです」

照れくさそうな表情が浮かび、彼がどれほどその彼女が好きだったかを思わせた。

「では十年ぐらいのお付き合いになるんですか？」

社会人になってからの付き合いがそれほど長ければ、結婚を意識していてもおかしくない。それでいきなり駄目になったら、精神的にはかなり打撃を受けるはずだ。

葛西のショックを思いやりながら尋ねると、葛西は気弱に頷いた。

「なんだかんだと付き合いが長かったので、そろそろ結婚をって彼女に言われたんです」

それが本当なら、振ったのは葛西ということになるのではないかと、大輔は首を捻る。

「お相手の方が結婚を望んだのなら、〝振られた〟というのとは少しちがう感じがしますが……」

やんわりと尋ねると、葛西が困ったように視線を逸らす。

「……そうか……そうですね」

大輔の指摘に葛西は少し考え込んだあとに、頷いた。

「三十前に結婚したいって言われたんですが……僕が……なかなか踏ん切りがつかないでいたら、もういい！って怒られて……で、振られたっていうか……」

もごもごと説明する葛西に、大輔は振った彼女の気持ちもわからなくはないと思ってしまう。

「女性にとって三十代はひとつの節目ですから、昨日今日の付き合いでなければ、そろそろ、と具体的に結婚を考えるのは当然だと思います」

「そうなんですけど……ただ……なんというか……お客さんに怒られているような男ではまだまだ……彼女にふさわしくないと思ってしまって……」

消え入りそうな声で葛西は深く俯く。

「それは葛西さんの思い込みでしょう。十年も付き合えばいいところも悪いところもお互いに納得しているんじゃありませんか？」

微笑んでそう言ったものの、これほど及び腰では女性もやりきれないだろう。

それでも思い詰めるほど真面目な葛西が、遊びで女性と十年も付き合うとは考えられない。彼の頭の中にも結婚の文字はあったはずだ。

「喫茶店の仕事は私にはよくわかりませんが、二十代なら駆け出しと考えてもいいんじゃないですか？　失敗をいちいち気にしなくてもいいと思いますけれど」

「でも、でも、彼女は失敗しません」

葛西が顔をあげて、切羽詰まった声を出す。

「同じお仕事ですか？」

「いいえ……彼女は新聞社に勤めてます」

また少し葛西は項垂《うなだ》れたものの、先を続ける。

「彼女はすごく優秀で、ポジティブで……実は大学も別で……彼女のほうがランクが上です。結婚したら、将来的には両親みたいに一緒に喫茶店をやりたいんですけど、難関を突破して就職した彼女に今の仕事を辞めてくれとはとても言えません」

はあと聞こえるようなため息を吐いて、情けない顔で葛西は大輔を見る。

「それに、彼女は英語もペラペラで、外国人の友人もいて、普通に話してます」

「そうですか、すごいですね」

外国語はさっぱりの大輔はごく普通の反応をしたが、葛西は何度も首を縦に振る。

「そうなんです、すごいんです。僕は英語なんて全然駄目だし……もう本当に釣り合わなくて、恥ずかしいっていうか……」

とりあえずここは日本だし、自分の気持ちは日本語で伝えればいい。

何をここまで卑屈になっているのか。もっとしっかりしろ——と言いたくなるが、なんでも持っている相手に引いてしまう気持ちは大輔には理解できる。

今思えば、自分の、元妻菜々子の実家への感情は、ある意味劣等感だったのかもしれない。

もし菜々子の育った環境を平静な気持ちで受け止めることができれば、自分の価値観をもっとうまく伝えられたような気がする。

必要のない卑屈さは物事をこじらせる。

安易な慰めが言えずに言葉に詰まった大輔の様子に、葛西が弱々しい笑みを浮かべた。

「やっぱり僕にはすぎた人でした」

一瞬泣きそうな顔をしたものの、さすがに唇を結んで、涙をこらえた葛西は表情を引き締める。

「僕、婚活します。ここに入会します！　そしてリベンジを――」

「……葛西さん……ちょっと、落ち着いてください」

唐突とも思える宣言に大輔はとりあえず待ったをかける。

愛・燦々のスタッフとしては入会者はもちろんありがたい。だが、婚活は誰かに対抗するためにするものではないし、競うものでもない。

「結婚相談所も無料ではありません。本格的に入会し、活動するには入会金も会費も必要です。決して安いとは言えない額です」

人として大輔は葛西を止める。

あくまで客の視線で物事を考えるのが、愛・燦々の基本方針。『お得です』などとは滅多に言わない。

「わかってます」

深く頷く葛西を大輔はゆっくりした口調で宥《なだ》める。

「仕事柄なかなか出会いがない方もいらっしゃいますが、葛西さんはちがいます。お店に来る若い人も多いでしょうし、取引先でもそれなりの方に知り合えると思います」

「……お客さんに声なんてかけたら、ストーカーだと思われますよ……」

「たとえばの話です」

大輔は笑顔を崩さずに言う。

「勢いは必要ですが、入会は思いつきで決めるものではありません。とくに葛西さんは病み上がりです。人生の大切な決断は身体が弱っているときにするものではないと、私の祖母が言っていました」

「そうなんですか？」

「はい。体力がないときは悲観的になるので、たいしてよくないものでもよく見えるらしいです。もちろん当社はよくないものではありませんが」

そう言いながら大輔は愛・燦々のパンフレットを差し出した。

「これをお読みになって、十分お考えになってから結論を出してください。ご入会されたなら、スタッフが全力でお手伝いいたします」

おずおずとパンフレットを受け取った葛西は、弓削が開けたドアを出てとぼとぼと帰っていく。その背中が消えるまで見送ってから弓削は静かにドアを閉めた。

葛西の相手は大輔にまかせて所長室に籠っていた桜沢は、彼が帰る時には姿を見せて、笑顔で見送った。

「彼、まだ脱水状態？　元気がないわね。今日も暑いのに出歩いて大丈夫なのかしら」

葛西を気遣って眉をひそめる桜沢に、大輔は今の話をかいつまんで説明した。

「なるほどねえ……できる彼女へのコンプレックスっていうのは根深い問題よね」

頬に手を当てて、桜沢は真剣な顔をする。

「あたしもこんなふうに美貌と才気を兼ねそなえちゃってるから、どうしても男性に敬遠されがちなのよね。彼女の焦れったい気持ちはよくわかるわ」

真面目に聞いて損をしたと思いながらも、大輔は「そうですか。大変ですね」と適当に受け流して話を進めた。

「でも、彼女はそんな彼でも結婚したいと思ってるんですから、そこは気にしなくていいと思うんですけどね」

「まあね。葛西さんのように優柔不断なタイプは、ぐいぐい引っ張ってくれる女性との相性は悪くないわ。主格の逆転を望まなければうまくいくわよ」

桜沢は訳知り顔で言う。

「どういう意味ですか？」

「彼女に生活の指針を預けて、でしゃばらない。命に関わること以外は適当に彼女に従っていれば、そこそこうまく結婚生活が送れると思うわ」

「なんてことを言うんですか、桜沢さん。それじゃあ、夫としての立場がないじゃないですか」

「逆ならいいわけ？」

少し面白そうな顔をする桜沢に、大輔ははたと考え込む。

大輔自身は曲がりなりにも男女平等の教育を受けている。けれど、やはり家庭では男が大黒柱だという気持ちが、悪気はないがどこかにある。

母も気の強い人だが、なんだかんだと父親を立てていた。

――いい気にさせておかないと、仕事中に怪我をしかねない。そうするとこっちが面倒だからね。ああいう単純な手合いはおだてておくのが一番なんだよ。

母はそう言っていたが、家庭をうまくやっていく方法として、そんな母の態度が無意識にすり込まれているのだろう。

「……頭ではちがうってわかります。妻も夫も同等です……でも、なんていうか、俺の小さい頃からの家庭環境のせいかもしれませんが、男は前に出て自分の力で家庭を守るっていう感覚が抜けないみたいで……ちょっと桜沢さんの言い方には納得しかねるっていうか」

「大和田くんは正直ねえ」

楽しそうに桜沢は笑った。

「頭でわかっていても、感情が納得しないなんてことは普通なのよ。それを理論でねじ曲げるのは難しいわ。けれどわかっているってことがまず大切で、互いに尊重しつつすり合わせることができる相手が結婚相手じゃないかしらね。あの葛西さんはご両親と同じような結婚生活が理想なのよ。結婚したら一緒に喫茶店をやって、妻は夫を陰に日向に助けるっていうのが基本にあるの、その理想を変えるのは難しいと思う」

「みたいですね」

大輔は頷くが、桜沢は軽く肩をすくめた。

「でも彼女が必死の思いで手に入れた仕事をやめるつもりがないであろうことは明白。女のほうが仕事を辞めるのが当然なんてもちろんあり得ない。だから葛西さんが彼女と結婚したければ、ひとりで喫茶店をやっていく覚悟を決める。それか彼女を諦める。その二択しかないでしょう。簡単なことよ」

「簡単て……人間そうそう割り切れるもんじゃないですよ」

「だって結婚したければなにかを諦めるしかないじゃない。ルイ十四世並みのフランス料理フルコースと、中国皇帝のための満漢全席を、同時には食べられない。両方食べたらお腹を壊すどころの話じゃないわ。食べようとする人はいるかもしれないけれど、そういう人は結婚生活を破綻させる。どちらかを選ぶしかない。取捨選択ができるのは大人の証よ」

きっぱりと桜沢は断言した。

だが、なにかを捨てなければ結婚できないものなのだろうか。

人生を豊かにするために結婚するのに、なにかを諦めるというのは腑に落ちない気がした。

＊

ひとり暮らしになってから、大輔の実家は梅真光院だと言ってもいい。

典親が独身で、しかも恋人もいないという気安さもあり、ついメールひとつで在宅を確認してふらりと立ち寄ってしまう。

「いつも悪いな。迷惑なときは断ってくれていいから」

途中のコンビニで買ってきた缶ビールとつまみを差し出した。

「わかってる。俺も仕事が終われば競馬の予想ぐらいしかすることがないから、べつに気にしなくていい」

畳に胡座《あぐら》をかいた典親がビール缶のプルトップを引きあげながら笑った。

「いい加減に競馬をやめたらどうだ？　一応僧籍にある人間としてまずいんじゃないのか」

「いや、世俗を知ってこその解脱《げだつ》。俺は自らを泥に落として俗世を知る」

もっともらしいことを言って典親はいたずらっぽい顔をした。

「なにが俗世を知る、だ。このご時世にコミュニケーションアプリのひとつもやってないのはおまえぐらいじゃないのか」

「おまえだってやってないだろう。人に言えた義理か」

「俺は会社の方針で基本的に禁止なんだよ。そんな制約がないのに、今どき三十代で使っていないとは化石だ」

いまだにメールしか使っていない典親をアルコールの勢いで揶揄《やゆ》すると、典親はあっさりと認めた。

「ああ、かもな。檀家さんにときどき聞かれるけどやってないと言うと、結構驚かれる。孫に教わったと言って、結構高齢の檀家さんでも普通にやってるからな」

「だろう？　いい加減やれよ」

ナッツの小袋を開けながら笑い交じりに言うと、典親が真面目な顔で首を横に振った。

「ああいう他人と繋がることが簡単にできるものにやたらと手を出すと、孤独でいることが不安になる。孤独に耐えられるのが大人なのに、ひとりでいるのが惨めな気持ちになってくる」

「そんな大げさに考えるようなものか？」

少し呆れる大輔に典親は真剣な顔のまま頷く。

「人との関係を築くのは時間がかかるし嫌な思いもするが、なんらかの努力が必要だと俺は思う。便利さにどっぷりつかると、他人との関係をつくる努力を惜しむようになる気がする。すくなくとも俺はそうだ。顔を見たり目を合わせたりして気持ちを察したり、相手の気配を読まない関係ばかりが積み重なっていくのは、不思議な気がするんだ。文字だけじゃ実のところ相手の真意はわからんだろう」

そう言って典親は少し照れたように笑いに紛らす。

「なんて言うのは建前にすぎん。結局はめんどくさいんだな。檀家とSNSで繋がって夜中まで人生相談されたくない……ってのが正直なところだ」

「……そうかもな」

大輔も軽く同意するにとどめた。

けれど『孤独に耐えられるのが大人』という言葉が心に棘《トゲ》を残す。仕事にわだかまりが残ると典親に会いにくるのも、己が本気で自分の孤独に向き合っていないからかもしれない。

そして『取捨選択ができるのは大人の証』といった桜沢の言葉の意味も考えてしまう。

結局、自分は典親や桜沢の言う『大人』の条件を満たしていなかったから、結婚に失敗したのではないだろうか。

「なあ、典親、結婚ってさ、なにかを失うのか？」

頭に浮かんだ疑問をそのまま言葉にする大輔に典親が苦笑した。

「結婚していない俺に聞くようなことか？」

「どっぷり結婚の渦中にいない人間のほうが案外よくわかるかと思ってさ」

「失礼な奴だな」

ナッツをざらっと手のひらに乗せて、典親は言葉ほど気を悪くした様子もなく受け流す。

「すまん。失敗した俺が言うのはどうかと思うが、俺としては結婚というのは人生が二倍になるって感じだったんだ。結婚式場のキャッチコピーじゃないけれど、一足す一は二、みたいに幸せが二倍になるっていうイメージだったんだが、ちがうんだろうか？」

「イメージ的にはそうだろう。じゃなければ誰も結婚したいと思わない」

典親はあっさりと言って、ナッツをちまちまと摘む。

「どうしてそんなことを急に言いだしたんだ？　おまえの仕事でそんな疑問を持つのは、まずいだろう」

「うん。でもな、桜沢さんははっきりと、『結婚したければなにかを諦めるしかない。取捨選択ができるのは大人の証』って言ったんだ。なにかを諦める結婚って、なんなんだろうな……」

典親は俯いて考え込み、大輔も自分の言ったことを反芻《はんすう》しながらビールを舐めた。しばらくポリポリとナッツを食べる音だけが聞こえていたが、やがて典親が顔をあげて、逆に質問をしてくる。

「おまえは結婚でなにが増えると思うんだ？」

「まず家族だろう。相手の家族が自分の家族になる」

元義両親との関係には苦労したが、他人とは考えなかった。香奈の大切な祖父母だと思い、家族と感じたことはまちがいない。

「……それは少しちがうと、俺は思う」

典親は考え考えしながら言った。

「名目上はおまえの言うとおりだけれど、結婚したらその先は自分の家族が最優先だ。親兄弟との関係はどんどん希薄になるのが自然だ」

「そうか？　それは寂しい考え方じゃないか？」

典親の言葉が少し薄情に思えて、典親は正直に眉をひそめる。だが典親は自分の意見を変えない。

「もちろんなにかあれば助けあうのは当然だ。けれど、いつまでも寄りかかりあうのはちがうと思う。結婚前のように繋がりを濃いままにして、悩みを抱えてしまった家族を俺はたくさん見ている」

噛みしめるように典親は続ける。

「哀しみの表し方、癒し方も家族でちがう。同じ宗教宗派なのに法事ひとつにしても、家々のやり方がある。自分が育ってきた環境をそのまま踏襲してほしいという思いは理解できるけれど、相手に期待しすぎては駄目だ。新しく家庭を持った人間は、新しい家族としてのやり方をつくるのが一番だ」

「新しい家族のやり方か……」

自分は菜々子と新しい家族のやり方をつくっただろうか。

大輔も菜々子も互いに自分と同じような子ども時代を香奈に送らせようとして、新しいルールをつくれなかった。

——とりあえず、結婚したら……ふたりだけでせいぜい頑張ればいいよ。

母は息子に新しい家族の規律をつくるように突き放してくれたのに、自分はそれができなかったのだと、大輔は改めて思った。

「結婚って、それこそ今、流行の、『断つ・捨てる・離す』っていう考え方そのものって感じが、俺はするな」

「不必要なものを捨てるっていう掃除の方法か……結婚は片付けじゃないだろう」

　あやふやな解釈で聞き返す大輔に典親が頷く。

「掃除法っていうより、執着を断って、不必要な物欲を捨て、拘りを手離す考え方が、身辺整理に繋がるって意味だと思うぞ。結婚はまず、親から無条件に与えられていた幸せへの執着を断たなくちゃならない。なんだかんだ言っても親の側《そば》にいれば楽な場合が多いだろう？　そういう、親がなんでもしてくれるという甘えを捨てて、これまでの生活から離れて、新しい暮らしを築くってところが似てる気がするな……まあ、あくまで想像だけど」

　独身者の戯れ言だと言って典親は笑ったが、大輔は胸の棘がいっそう深くなった。

「そんな厳しい結婚、誰もしたくないぞ……典親」

「だから大人しか結婚をしないんだよ。大輔。ちゃんと大人になった人間は苦労しても自分の世界を築きたくなるんだと思う。本来人間はそういうふうにできているはずなんだ」

「じゃあ、結婚に失敗した俺はまだまだガキってことか」

「どうだろう、それはおまえ自身にしかわからないことだ。だが、そんなことを言うなら俺も駄目だ。付き合いの長い檀家に読経も満足にできないって言われているしな」

「ほんとか？」

　軽く顔をしかめた典親に大輔は正直に驚きを口にした。

「普通にはできるさ。でも、檀家は厳しいんだよ。まだまだお父さんの住職さんには敵わないわね、って言われるのは日常茶飯事。声の通りなら断然俺のほうがいいんだけどな。

これればっかりはありがたみを押しつけるわけにもいかないし、キャリアのちがいはどうしようもない」

そう言って笑った典親は、またナッツをちまちまとつまんでビールをちびちびと飲んだ。

＊

大輔が渡したパンフレットを持って葛西が愛・燦々にやってきたのは、一週間後のことだった。

「入会させてください」

何度も読んだらしくパンフレットはかなり傷み、葛西の決意が本気であることが窺える。

この間、何度もため息をついていた様子とは一転して、背筋も伸びて別人のようにしっかりしている。彼は彼なりに、終わった恋にけじめをつけたのが伝わってきた。

真剣な相手には真剣に対応するのが、愛・燦々の基本理念だ。

「わかりました。全力でやらせていただきます」

大きく頷いた大輔は身を乗り出す。

大輔の力強い承諾にほっとしたように葛西は少し笑みを浮かべた。

「最初に申し上げておきますが、結婚は誰かへのリベンジではありません。自分が幸せになるためのものです」

「……はい」

少しだけ間があるのが気になった大輔はさらに言う。

結婚相談所、とくに愛・燦々においての失礼は一般常識とはちがう。時に相手の傷を抉《えぐ》ってでも確認しなければならないことがある。

「お付き合いされていた方への思いは断ち切れましたか？　まだ、未練があるんじゃないんですか？」

さすがに一瞬むっとした表情になったが、葛西は素直に口を開く。

「未練は……あります」

その先がまだありそうな葛西の顔に大輔は次の言葉を待った。

──顔を見たり目を合わせたりして気持ちを察したり、相手の気配を読まない関係ばかりが積み重なっていくのは、不思議な気がするんだ。

確かに典親の言うとおりだと思いながら、葛西を急かさずに大輔はなにも言わずに聞く姿勢を続ける。

「……けれど……彼女と結婚したいっていう未練じゃないんです。残っているこの気持ちは、ただ楽しかった日々への未練っていう気がします。大学のときはまだ働く苦労も知らなくて、大げさにいうと、毎日が輝いて見えたんです。そこにはいつも彼女がいましたから」

「その感覚は私にもあるし、なんとなくわかります。過ぎ去ってしまった日々って、いいことばかりだったような気がしますよね。懐かしさでなにもかもがきれいに見えるんでしょうか」

「ああ、そうですね。そういう言い方がぴったりです」

大輔の同意に葛西の表情が明るくなる。

「彼女は美人で頭もよくて本当に素敵な女性です。付き合えてすごく幸せでした。でも、結婚したら肩が凝りそうだって思うんです。彼女はいつも理想が高くて、それに対して努力も惜しまない。きっと僕にも同じだけの努力を要求するでしょう」

「たとえば、どんなふうにでしょうか？」

抽象的な否定はいかにもそれらしく聞こえるが、根拠があやふやな気がして大輔は質問を重ねる。

「……たとえば……僕が、コーヒーを淹れるのが下手でお客さんに叱られるって落ち込んでも、彼女は慰めたりしません」

そのことを思い出しているのか、葛西は少し頬を引きつらせる。

「下手なら、バリスタの学校でもなんでも通えばいい。うまくなって相手を見返すしかないって言うんです」

「正論ですけどね」

「ええ……でも正論ってときどき息苦しくなりませんか？」

あまりに正直な意見に大輔も苦笑してしまう。

「それにうちの喫茶店はバリスタの資格を掲げるのが似合うような店じゃないんです。レトロっていうか、常連客に支えられているアットホームさが売りなので、資格だの免許だのを前面に出す意味があるとは思えません」

「なるほど、資格があるんだから文句を言うな——逆に喧嘩を売っているような感じになってしまうかもしれない……というわけですか」

大輔がかみ砕いた言葉に、葛西は深く頷く。

「もちろん……彼女に悪気はありません。できなければできるように努力する。あたりまえのことです。ですが努力ができるのも才能だと、僕は彼女を見ていて思いました。僕はあれほど一心不乱に頑張ることができません」

ため息を息継ぎに変えて葛西は話を続ける。

「みっともない話ですが、頑張ることって疲れるんです。目標があってもゆっくりお茶を飲む時間を取ってしまうのが僕だとしたら、目標のためにひたすら時間を惜しんでお茶も飲まずに頑張れるのが彼女です。些細なことですが、一緒にいる時間が長ければ長いほど、それが負担になる気がしました。それが最終的に結婚を決意できなかった原因だと、今は思います」

熟考したことがわかる真剣な口調だった。

「そうですか。葛西さんのおっしゃりたいことは理解できます。歩く速度がちがう人とは長く歩くのは難しいと、私も思います」

葛西の顔に浮かんでいた微かなためらいが消えて、すっきりとした表情になる。

「僕は両親のように互いの欠点を認めあって、補いあう、そういう穏やかな夫婦になりたいんです。だからどうぞよろしくお願いします」

深く頭を下げた葛西のシャツの襟は白く、髪も散髪したてのように整っている。ここに来るために身なりを整えて、新たな気持ちで来たのだろう。

恋人だった彼女のいいところを褒めて、別れを相手のせいにしていない。たしかに優柔不断なのかもしれないが、最終的な責任を引き受けるだけの強さはちゃんとある。

ただ、付き合っていた彼女とは合わなかった——これぞまさしく『釣り合わぬは不縁の基』だ。

入社したときのスローガンを思い出して、大輔も頭を下げた。

「決心したからには短期決戦でいきましょう。考えることは大切ですが、時間をかけすぎるのも失敗の要因になります」

決断に時間がかかりそうな葛西に釘をさす大輔の目を見て、葛西はしっかりと頷いた。

*

好きだ——というだけでは結婚まではたどり着かない。
大輔は葛西の相手として自営業の両親の家に育った、社交的で人あしらいの上手な女性を選んだ。

結婚後、将来的には葛西と一緒に祖父の代から続く喫茶店をもり立ててくれそうな人で、なおかつ、おっとりしたところもある女性。

時にのんびり屋の葛西の尻を叩ける利口な人がいいだろう。

あれこれと悩み、ようやく葛西の見合いのセッティングにたどり着いた大輔は、思わず愚痴に似た実感がこぼれ出る。

「結婚ってつくづく社会的なものだと思います」

弓削が出してくれた麦茶をしみじみと飲みつつ、ごりごりと首を回して大きく息を吐いた。

「今ごろ気がついたの？」

スタッフのスケジュール記入用のホワイトボードにネイルサロンの予定を書き込みながら桜沢が呆れた顔をする。

「惚《ほ》れた腫《は》れただけで結婚できるなら、誰も苦労はないわ。自分の生活に合った相手を探そうとするから、うちみたいな仕事が成り立つのよ」

そうですね、と頷く大輔に弓削が不思議そうな顔をした。

「ホレタハレタってなんですか？」

がくっと肘を落とす桜沢と同じように、大輔もぽかんとして弓削を見返した。

「すみません。聞いたことがなくて。なにかの名前ですか？　呪文みたいに聞こえるんですけど」

　ふたりの反応に弓削の頬が淡く染まる。

「三十代VS二十代のジェネレーションギャップね、大和田くん」

「大変申し訳ないですが、俺と桜沢さんをさりげなく同世代にしないでください」

　嘆息する桜沢に、大輔は一応抗ったが、桜沢は聞き流してホワイトボードに『惚れた腫れた』と書いた。

「惚れたは、もちろん好きになるってこと。腫れた、は一種の語呂合わせを兼ねた言葉遊びよ。韻《いん》を踏んでるでしょ」

「語呂合わせ？」

「そうよ。恋をして浮かれている人をちょっとからかうような言い回しね。惚れた腫れたでメシが食えるか、っていうふうに使うわね」

「なんのためにそんな無駄な言葉をくっつけたんでしょうか……？」

　首を傾げる弓削に、桜沢は顔をしかめる。

「なんのためってねえ、弓削くん。必要なことだけしか存在が許されなかったら君の大切な芸術は一番先に淘汰《とうた》されるわよ」

「芸術は人生の潤いです」

　間髪を容れず返した弓削に桜沢は大きく頷き、豊かな胸を反らせて声をあげる。

「そう、肌にも髪にも人生にも潤いは必須よ。無駄を楽しむことこそ、人が人である証なのよ！」

「でも……なんていうか、微妙な感じです……惚れた腫れた……」

桜沢の勢いに気圧されながらも遠慮がちにそういう弓削の顔には「めっちゃ古くさい」と書いてあった。

（やっぱり顔を見ないとわからないことってあるかも）

いつもは表情が薄い弓削の顔に浮かんだ若者らしさが面白くて、大輔は笑いをかみ殺した。

「何を笑っているのよ。大和田くん。随分と余裕がありそうだけど、ちゃんと葛西さんはうまくいきそうなの？　相手は自営業のお嬢さんだったわよね」

さすがに所長らしく、桜沢は話題を元に戻した。

「ええ、将来的には喫茶店を一緒にやってくれる人、というのが葛西さんの一番の希望だったので。サラリーマンの家庭に育った人より自営業の生活に理解があるかなと思いまして。あとは相性の問題ですから、その部分は俺にはどうしようもありません」

以前なら一から十までクライアントの様子や心情が気になった。だが、結婚相談所のスタッフとしてできることは限られている。

スタッフがどっぷりとクライアントに同調して、感情の浮き沈みに付き合ってはいけない。親身になりながらも客観視できる距離は常に取っておく。

つい熱くなりがちな大輔はいつも自分にそう言い聞かせ、自戒を込めて口にも出すようにしていた。

「そうね、大和田くんの言うとおりだわ。あたしも大和田くんに任せたからには、あまり口出しするのはよくないわね。相談があれば言ってくれればいいわ」

さっぱりとした口調で信頼を寄せてくれた桜沢に、大輔は軽く頭をさげる。

ふたりの話に口を挟まず、真面目な顔で『惚れた腫れた』に関して辞書を引いていたらしい弓削は不意に顔をあげた。

「そういえば、僕この間、葛西さんの喫茶店に行きました」

驚いて大輔は弓削を見る。仕事の上で知ったクライアントの自宅を許可なく訪ねることは当然禁止されている。大輔の視線に、「わざとじゃありません」と弓削は困った顔をした。

「事務所のパソコンでは必要以外ネットもせずに、律儀に辞書を引くほど情報管理に努めている弓削くんがクライアントの家にのこのこ行くなんて思ってないわ」

桜沢の言葉に弓削はほっとした顔をして先を続ける。

「この辺りをスケッチしていたときに、偶然、見つけたんです。年季を感じさせる喫茶店があって、絵になるかもしれないと思って入ったら、葛西さんの喫茶店でした。年配の常連客らしい人たちは普段着なのに上品な感じで、昔のドラマで見るような空間でしたよ」

「葛西さんと鉢合わせしたの？」

「いえ……葛西さんはご不在でしたが、コーヒーを淹れていた女性が葛西さんにそっくりで、気がついたんです」

「お父さんが亡くなられてから、お母さんが切り盛りしてるって言ってましたね。コーヒーを淹れるのがすごくうまくて、自分は敵わないってこぼしていましたよ。元の恋人にもバリスタの資格を取れと発破をかけられたらしいですし」

大輔の言葉に、弓削が「ああ……そういえば」と声を洩らす。

「……お客さんたちが『やっぱりミチコさんの淹れたコーヒーじゃなくちゃ駄目だ』とか『敦樹くんはもっと修業がいるなあ』って言ってましたね。あれって葛西さんのことなんでしょうね」

自分がいないときも客に品定めされる葛西に大輔は改めて同情するが、桜沢は現実的な問いかけをする。

「そのミチコさんが淹れるコーヒーはおいしいの？」

「うーん……どうでしょうか」

弓削は思い出すように視線を遠くに投げた。

「香りはいいですけど、正直味のよしあしは僕にはわかりません。サイフォンで淹れたコーヒーってあんな感じなんでしょうか？　苦くて……すぐに胸がいっぱいになる感じです。値段も定食並みですし、その金額でまた飲みたいかと言われると、飲みたいとは思わないですね」

率直に言った弓削だが、それだけでは失礼だと思ったらしく律儀に付け足す。

「でも、さっきも言いましたけど、雰囲気はすごくいいんです。テーブルも椅子も使いこんでいるのによく手入れがされていて、座り心地もなかなかです。葛西さんのお母さんも、ふんわりと纏《まと》めた髪にロングのフレアスカートみたいな古風な格好が似合っていて、レトロな喫茶店の女主人って感じでした。ああいう場所と雰囲気を味わうためにお金を出すっていうのは、わかる気がします。本の挿絵か映画のワンシーンに、自分も一緒に出ているような気分になれるっていうか」

「なるほどねえ。それじゃあ葛西さんは居場所がないわね。伝統芸能の二代目や三代目の辛さって感じだわ」

桜沢がしゃきしゃきした口調ながら同情を滲ませる。

「伝統芸能？　どういう意味ですか」

「葛西さんの喫茶店は常連客で成り立ってるんでしょう？　それって相撲や歌舞伎なんかの後援をしている谷町に近いのよ。女性ひとりで頑張っているミチコさんを自分たちが支えて、跡継ぎの葛西さんを一人前にするっていう親切心とお節介が同居している。葛西さんにとってはありがたくもうっとうしい話だと思うわ」

タニマチ――と呟いた弓削がまた辞書に手を伸ばすのを見ながら、大輔は聞き返す。

「喫茶店は伝統芸能じゃないですよ。そこまで思い入れがあるもんですか？」

「人は皆、自分が誰かの役に立っていると思いたいのよ。誰かの特別でいたいの。三代も続いている喫茶店なんて会社勤めや子育てを卒業した世代のいい拠り所よ。葛西さんがランドセルを背負っている頃から知っていて、なにかと大きな顔ができる。あれこれ世話を焼いて、時に愛のある駄目出しをして、葛西さんを一人前にする手助けをしてるつもりなんじゃないかな」

「そんな愛はいりません」

「いきり立ってもこればかりはどうしようもないのよ、大和田くん。そういうお客さんがいればこそ、静かな住宅街で長く喫茶店を経営していけるんだから」

桜沢は訳知り顔でたしなめる。

「老舗の和菓子屋の跡継ぎに聞いた話なんだけど、先代と同じ腕では下手だと言われ、数段うまくなってやっと、まあまあだと言われる。そのまま腕を磨いて、先代の歳を越えた頃やっとお客さまに褒められる。それが跡継ぎの宿命なんだって、悟った顔で教えてくれたわ」

「……すごく、それって虚しいんですけど」

大輔の短い感想に弓削が小さく頷く。

葛西にどこか自信がなく、元彼女ともうまくいかなかった理由がわかる気がする。毎日客から注意されて、恋人からも叱咤されたら、自分だっていじける。人はそんなに強いものではない。

(そこは褒めて伸ばそうよ)

大輔は会ったこともない葛西の喫茶店の客たちと元彼女に呼びかける。

努力が正当に評価されないのでは、誰だってどこかで気力が尽きてしまう。

「それって、死んでから絵が売れてるようなものですよ。いいと思うなら生きているうちに買ってくれないと困ります。一生褒められないなんて辛すぎる人生です」

弓削も不遇の画家になぞらえて、葛西の立場を思いやった。

「まあ悪気はないのよ。葛西さんが息子みたいにかわいいんだと思うわよ」

揃って葛西に同情する男ふたりに、桜沢はとりなす。

「悪気がなければなにを言ってもいいってわけじゃないですよ。経験から意見をしたくなるのはわかりますが、積んだ経験を糧にして人の気持ちがわかってもいいはずでしょう」

大輔はあからさまに不機嫌そうな声を出した。

弓削も郷土みやげの張り子の牛のように首を振る。

「あなたたちの気持ちはすごくよくわかるけれど、お客さんにあからさまなことは言えないでしょ。古参だろうが新参だろうが商売ってそんなものよ。お互い辛いわよねえ」

桜沢は頬に手を当てて哀しげにため息をつく。

だがクライアントに遠慮などまったくしない桜沢を嫌というほど見せられている大輔と弓削は返事を避けた。

「乗りが悪いわね、あなたたち」

若いのに遊び心がない――と嘆息したものの、とりあえず桜沢は芝居がかった仕草をやめた。

「まあ、やられっぱなしじゃ、つまんないのはわかるわ。やられたらやり返すのは当然。

ハンムラビ法典により紀元前から認められた正当な行為として、ここはひとつ、あたしが打開策を提案しようじゃないの」

「なにを考えているのかわかりませんが、ここはバビロニアじゃなくて日本ですよ。俺のクライアントに迷惑をかけないように、穏やかにお願いします」

一応釘をさす大輔に桜沢は「あたりまえじゃない」としおらしい顔で言った。

「つまり葛西さんへのむやみやたらな駄目出しをやめさせればいいわけでしょう?」

「そう……でしょうね」

常識では計れない桜沢に大輔は警戒心を強めて、返事が曖昧になる。

「だったら、常連客への味覚テストをやればいいのよ」

「味覚テスト?」

「客にテスト?」

弓削と大輔の驚きにも桜沢は真顔で頷く。

「そうよ。喫茶店の常連さんたちが、本当にミチコさんが淹れたコーヒーと葛西さんの淹れたそれの区別がつくかどうかを試すの。いい案でしょ」

親指を立てた右手を突き出して胸を張る桜沢に、大輔はあっけに取られて言葉に詰まった。

「……そんなことしたら……客がいなくなりますよ」

「そんなの内緒でやるに決まってるじゃない」

あっけらかんと桜沢は言い放つ。

「ミチコさんが淹れたコーヒーを葛西さんが淹れた振りをしてサーブすればいい。その逆も同じようにして振る舞うわけ。それで相手が本当に味のちがいがわかっているかがはっきりするわ」

「それは……そうですけど……」

「まあ、精巧な模写に本家の名前を付けてもコピーであることを見抜けるのが本物の画商なんですけど……喫茶店のお客さんにそこまで求めるのも……」

顔を見あわせた大輔と弓削に、桜沢は「べつにいいじゃない」とあくまで強気に出る。

「なにも結果をお客さんたちに教える必要はないんだから。ただ葛西さんが心の中で納得する根拠になればいいのよ」

桜沢は腕組みをして、ふたりを挑発するように胸を突き出した。

「葛西さんだってそこそこキャリアを積んだ自分の腕に自信があるから、お客さんの駄目出しにカチンとくる。だから本当は客の舌のほうが馬鹿だとわかればそんなものは、右から左に受け流せるってもんよ」

「客の舌が馬鹿って……言いすぎですよ」

「あら、だいたいの人間はそんなもんよ。自分で思っているほど味覚が優れている人なんて珍しいんじゃないのかしら」

大輔の注意にも桜沢は反省の色を見せない。

「あたしだって昨日の冷酒はおいしかったなあって思うけど、実際のところ、酔っぱらってしまえば、水で薄められたって全然わかんなかったはずよ。一升瓶から直に注ぐのを目で確かめているからちゃんとした冷酒だってわかるけど、その情報が遮断されたら案外わからないものよ。おいしいコーヒーにしても、ミチコさんが淹れたっていう視覚情報が九割方、味に反映してるはず。味覚なんてほんとあやふやなもんだもの」

「ウワバミの酔っぱらいと一緒にされたら、ミチコさんも迷惑ですよ」

顔をしかめる大輔の言い分を桜沢は軽やかに受け流す。

「とにかく、葛西さんはお客さんの言い分に納得してないわけだから、自信の根拠が得られれば、彼も変わることができるはずよ。なにを言われても、結局この人たちは味がわかってないんだな……って余裕を持って接することができるようになれるわ」

断言する桜沢に大輔はかえって不安になってくる。

「もし……当てられたらどうするんですか？　本当にまだまだの腕だってわかっちゃったら……もっとまずいことになるんじゃないですか？」

「それならそれで、自分の実力がはっきりして、さらにいいじゃないの」

大輔の懸念を桜沢は一喝する。

「そのときは本当に、元の彼女が言ったようにバリスタの学校へ行くなり、他店に修業に行くなりしてもっと力をつけるしかない。一人前の大人として結果が受け入れられずにうじうじして、同情を買っているだけなら、喫茶店の跡を継ぐことも、結婚も諦めたほうがいいわ」

言葉は相変わらず厳しかったが、言い返す余地はなかった。

桜沢は『結婚は大人のするもの』という主張から絶対にぶれない。

やはりまだまだ桜沢には敵わない。

親身になることと、ただ優しくすることはちがうのだと、大輔はもう一度心に刻んだ。

＊

葛西の見合いは大輔が望んだよりもはるかにうまくいった。

「大下《おおした》さんは、ひと言で言うとすごく穏やかです。とくにドキドキはしないんですが、長い時間一緒にいても疲れない人です」

照れた笑顔で葛西は交際を報告してきた。

恋人への褒め言葉としては微妙だが、結婚相手としてはベストに近い言い回しだ。

恋のドキドキは短いけれど、結婚生活は長い。疲れない相手がいいに決まっている。

大輔は自分の見立てが間違っていなかったことに、まずはほっとした。

「お仕事のほうは順調ですか？」

「相変わらずです」

葛西の表情が冴えないものに変わる。

「結婚するならもう少し腕をあげて、お客さんに注意されないようにしたいんですが……なかなか思うようにはいきません。大下さんは店に来てくれるって言うんですが、お客さんに叱られているのを見られたくないからいい返事ができなくって。……まあ、僕の見栄なんですけど」

見栄を張りすぎるのはよくないが、見栄があるからそれに近づこうと頑張れる。

ましてや付き合いはじめたばかりの相手に、客から駄目出しをされているところを見られたくないのは当然だ。葛西を息子のように見なしている常連客は、結婚相手など現れたらいっそう張り切って、駄目出しをしかねない。

(結局のところ、必要以上に他人が気になるっていうのは暇な証拠なんだよな。コーヒー豆を口に突っ込んで黙らせたくなるな……)

クライアントの迫りくる危機に同調して大輔はやきもきする。

真面目そうな顔に浮かんだ悩ましい表情を見ているうちに、暴言に近い桜沢の提案が大輔の頭に浮かぶ。

あれをそのまま伝えるわけにはいかないが、なんらかの活路にならないだろうか。

思案しつつ大輔は口を開いた。

「常連の方たちはこれまでの味に慣れているから、葛西さんのコーヒーに違和感を覚えているのであって、味として劣っているわけじゃないと思うんですよね」

「……そうでしょうか？」

半信半疑の表情ながら、葛西の目には希望が浮かぶ。

「ええ、そう思います」

ここぞとばかりに大輔は力を込めて先を続ける。

「私の母は弁当の玉子焼きに砂糖を入れるんですが、友人の弁当に入っていたのはだし巻き卵でした。お互いに相手の玉子焼きが食べたくて一度交換したとき、すごく違和感がありました。友人の玉子焼きはふっくらとして本当においしそうだったのに、口に入れたら甘くなくて出汁の味が広がって、一瞬びっくりしました」

高校のとき、典親にもらった玉子焼きのことを思い出しながら大輔は言った。

出汁の味しかしないような玉子焼きは喉から戻ってきそうな違和感があったが、典親は典親で少し端の焦げた甘い卵焼きに咽せていた。

幼い頃から培われた味覚というのはとても保守的だ。

まだ十代だった大輔や典親でさえそうだったのだ。葛西の喫茶店を訪れる高齢の常連客ならもう新しい味を受け入れるのは難しいだろう。

「常連の方は慣れた味が好きなんですよ。でも、きっと葛西さんのコーヒーだっておいしいと思います。自信を持っていればそのうち、お客さんたちもわかってくれるんじゃないでしょうか」

「はあ……そうだといいですけどね……」

他人事のように腑抜けた返事をした葛西はまた肩を落とした。

いい説得理由だと我ながら内心感動したのに、葛西には響かなかったらしい。

何故だろうと考え込んだ大輔を葛西は少し上目遣いで見る。

「……大和田さんの言うことはわかるんですが、僕の場合は当てはまらないと思います」

「どうしてですか？」

「一応祖父の代から続いた喫茶店として、味は変えないというのが売りなんです。時代が変わってもなにも変わらない。もし主人が替わっても、内装も味も少しも変わらない。いつ来てもそこに同じ空間と味があって、お客さまをお迎えする。たとえば十年ぶりに来たとしても、昨日も来たような気持ちになってもらえる――他に特徴のない喫茶店としてはそれがささやかなプライドみたいなものです」

葛西の眼差しは真剣で、大輔は気圧された。

「だから僕は、初めてコーヒーを淹れたときから、店の味になるよう父から手取り足取り教えられました。父の味は祖父と同じだったそうです。父が亡くなってからは、祖父と父の味を受け継いだ、母の味と同じになるようにと、自分であれこれと努力しています。だから、お客さんは僕の味に慣れていないのではなく、僕が母の味を出せていないのです」

自分の非力を素直に口にする葛西から、真面目に仕事に向き合っているさまが伝わってきた。

それだけに、悩みも深そうで安易な慰めは言えず、大輔はとうとう桜沢が持ち出した『テスト』の話を口にする。

「では……本当にそうなのかどうか、一度試してみたらいかがですか？」

「試す……？　なにをですか？」

他人を試すことはよくはないが、桜沢の言うように打開策ではあるだろう。なるべくやんわりと聞こえそうな言葉を頭の中で選ぶ。

「葛西さんが淹れたコーヒーとお母さまが淹れたコーヒーを、お客さまに飲み比べていただいて、味のちがいがはっきりあるのかどうか、試してみるのはどうでしょう」

意味を理解していない表情の葛西のほうへ身を乗り出して、大輔は声を低めた。

「つまりですね……誰が淹れたコーヒーかをお客さまにはお教えしないで飲んでいただく。または……葛西さんが淹れたコーヒーをお母さまが淹れたことにして、さりげなくお出ししてみるとか……それでお客さまがなんとおっしゃるかを……」

「それって、だまし討ち――」

ぎょっとして身を引く葛西に、大輔は落ち着かせるように頷く。

「もちろん、お客さまに恥をかかせるわけにいきませんから、どんな答えが出ようとお客さまには言いません。ですが、もしお客さまがコーヒーの味のちがいを感じなければ、葛西さんがちゃんとお母さまと同じ味を出せているということです」

「そ、そうですね……」

少し引きながらも葛西はこくこくと頷く。

「味がちゃんと出ているとわかれば、そのときはもう悩まずに、あとは時間が解決してくれるのを待てばいいのです。常連さんは葛西さんを自分の子どもみたいに思っていらっしゃるから、採点が厳しくなるのかもしれません。結婚して家庭を持てば、そうか、葛西さんはもう結婚できるような年齢だったんだな、と改めて気づくでしょう。そうすれば、無駄な駄目出しも減ってくると思いますよ」

力を込めて言った大輔に、葛西が何度も頷いた。

*

大輔が『お客さまの味覚実験』を提案してから約一月《ひとつき》後、葛西の婚約が成立した。

愛・燦々に婚約の挨拶に来た葛西と婚約者の大下を駅まで送り、大輔は事務所に戻る。

短い帰り道の途中、すごい勢いでこちらへ向かってきた小柄な若い女性と肩がぶつかりそうになって、大輔は慌てて半身を翻した。

「すみません」

自分が悪いわけではないが、公道でのエチケットとして大輔は詫びた。

だが相手の女性は鋭い視線で大輔を射るように睨んだ。

「すみません」

ショートカットが大きな目に似合っているが、目つきがきつすぎて、大輔はもう一度詫びながらわずかに後ずさった。

ばちばち火花が散りそうな視線で大輔を睨《ね》めつけた女性は唇を引き結ぶと、くるりと背を向けて駅のほうへと大股で歩きはじめた。

「……なんだ、あれ」

品のよい住人が多いこの辺りで、あれほど喧嘩腰の若い女性は珍しい。

だが事務所界隈で他人と揉めることはできない。大輔は、一度だけ肩をすくめて自分の中で今のもめ事を終わらせる。

なんにしても、無事に葛西が婚約までこぎ着けたことで心は晴れ晴れとしていた。

「ただ今戻りました！」

「お疲れさま。いいカップルじゃないの」

事務所に帰ると桜沢が労いの言葉をくれ、弓削は淹れ立ての煎茶を出してくれた。

「ええ、本当にほっとしました。これからふたりで、こちらで紹介した結婚式場を見学しに行くそうです」

まだ少し距離感はあるものの互いに相手を気遣っているのが見えるふたりだった。あのままいけばいい夫婦になるだろう。

「婚約まで二ヶ月。葛西さんにしてはなかなか素早い決断だったわね。長い付き合いが必ずしもいい結果に結びつくわけじゃないことを実感したのかしら」

「そうかもしれません。でも、一番の決め手は、お客さんへのテストのことだったと思います」

　大輔がうっすらと微笑むと、桜沢が身を乗り出し、弓削も興味深そうな視線を向けてきた。

「あのテスト、やったの？」

「やったとも言えるし、やっていないとも言えますが……」

　子どものようにわくわくした顔を隠さない桜沢に大輔は笑いをこらえて、葛西から聞いた話を口にする。

「葛西さんのコーヒーの味をテストしたのは大下さんです」

「そうなの？　今から夫唱婦随《ふしょうふずい》だって言われればそれまでだけど、大下さんじゃもともとの味はわからないじゃない」

　夫唱婦随、妻は夫に従ってともに歩みましょう――今ではほとんど通用しない概念だが、今日は机の上にいつも置いてある辞書に弓削の手は伸びなかった。

　ここに来て一年になるから、夫唱婦随など何度も聞いた言葉なのだろうと思いながら、大輔は話を続ける。

「それはそうなんですが、コーヒーの味で悩んでいることを打ち明けて、本当に母と自分の淹れたコーヒーのちがいがお客さんにわかるのか試してみたい、って冗談交じりに言ったそうです」

　大輔はそのときのことをできるだけ正確に思い出す。

『彼女が、〝お客さまを試すのはよくない〟って、真面目な顔で言ったんです』

あのとき、葛西は恥ずかしそうだったが、誇らしげでもあった。

『相手を信用していない行為をすれば、気持ちにも影響する。どんなに笑顔をつくっても内心で馬鹿にしているのが滲み出て、やがてはお客さまが離れていくって……そう言いました』

なんだか、生真面目すぎてなんとなく重たい女性だなと失礼にも大輔はそう感じた。

だが同時に間違ってはいないという感覚もあった、
人には言葉にしない感情がある。それが表情や、口調、気配に滲み出る。

おそらく大下はそのことを言おうとしているのだ。

『それで……彼女が自分から、以前の味はわからないけれど、母と僕のコーヒーを飲み比べてみると言ってくれました』

無言で考え込んだ大輔に、葛西は自分から話を進めた。

『そうですか。それでどういう結果が出たのですか？』

『母のほうがおいしいって言われました』

かなりショックな結論だったはずだが、葛西はさっぱりとした顔で教えてくれる。

『でも、もともとの味は……わからないんですよね』

大下はおとなしそうな女性だが、意外にはっきりものを言うようだ。

慰めの言葉がうまく思いつかずに大輔は前と同じことを繰り返してしまったが、葛西の表情は明るい。

『味だけなら、変わらない気がすると彼女は言ってくれました』

『ではどうして、お母さまの淹れたコーヒーのほうがおいしいと？』

『雰囲気だそうです』

葛西はうっすらと微笑んで楽しそうに続ける。

『注文を受けて、豆を挽き、サイフォンにセットする。水を注いでアルコールランプに火をつける。その一連の仕草が見惚れるほどにスムーズで、きれいだと彼女は言ってました。静かなのにてきぱきとしていて、母が動くたびにコーヒーのいい香りがするように感じるんだそうです』

『コーヒーの香り、ですか？』

『はい。母の全身からコーヒーの香りが立ちのぼるような、そんな雰囲気があるんだそうです。母を見ているだけで、この人の淹れるコーヒーは絶対においしいって思わせる、そんな感じがするんだって言ってました。そういうのが経験のちがいなんじゃないかっていうのは彼女の意見です』

——ありがたみを押しつけるわけにもいかないし、キャリアのちがいはどうしようもない。

ビールを飲みながらそう笑っていた典親の顔と声が浮かんだ。

道具が便利になり素材も工夫されて、それほど経験を積まなくても、いろいろなジャンルでレベルの高いものがつくれる時代になった。けれど時間をかけて積み重ねた経験には意味があるはずだ。

　桜沢がクライアントに厳しいことを言っても受け入れられるのは、彼女に経験とそれに基づく信念があるからだ。

　それがキャリアのちがいというものなのかもしれない。

『彼女の言っていることが正解かどうかは別として、僕は彼女の言い分にすごく納得できたんです』

　葛西は吹っ切れた顔で言ったのだ。

『小さい頃からずっと、母がコーヒーを淹れるのを見るのがすごく好きでした。あれはきっと彼女が言うように、母の仕事ぶりがかっこよかったからだったんですね。いつか僕もそうなれるように頑張ります』

　できれば彼女と一緒に——そう付け足した葛西にはもう過去を振り返る様子は微塵もなかった。

「あれがたぶん、葛西さんが結婚を決意したきっかけだったと思います。なんだかすごく嬉しそうでしたから」

「なるほど。人を見る目がある女性ね。たしかに葛西さんには企みを口に出さない腹芸は無理だものね。彼女の言うことがこの場合、正解ね」

大輔の話を頷きながら聞いていた桜沢は、腕を組んで唸った。

「なかなか日本的なカップルだわ」

「日本的ってどういう意味ですか？」

「一歩下がって、夫を支える妻とふたりで歩む珈琲道《コーヒーどう》ってところが、まさに『和』って感じがしない？」

「こーひーどう？　なんですかそれは？」

大輔と同じように弓削も答えを待って桜沢を見つめた。

「華道とか茶道とか、武士道とかの『道《どう》』よ。どこまでも続く究極の珈琲への長い道を、手に手を携えて突き進む夫婦。銀婚式の頃には『あなたと私の珈琲時間《タイム》〜涙と笑いの二十五年』とか本が出せそうじゃないの」

「内容はともかく、題名が悪すぎて絶対売れません。お笑い本なのかほのぼの恋愛ものなのか、もしかしたら自伝なのか、ジャンルすらわかりません！」

「そう？　じゃあ『ふたりで歩んだ結婚道はコーヒーの香り』とかどう？」

「もっと売れません！　なんですか、そのラノベ崩れみたいな題名は！　だいいち『けっこんどう』、って日本語ですらありません！」

半分本気で言い返す大輔の怒りを、桜沢は「そうかなあ。『道』の考えは日本の精神的支柱なのに」と天然なのかわざとなのかわからない顔で受け流した。

「とにかく、お似合いであることは間違いないわ。大下さんのほうが年上だったわよね？」

「はい。と言ってもひとつですが」

「なるほどねえ。〝ひとつ年上の女房は金《かね》のわらじを履いてでも探せ〟っていうのはあながち嘘でもないのね。気配りができて、締めるところは締める。なのに、同年代だから片肘張らずに異性のかわいらしさも感じる。いいことずくめね」

金のわらじと呟いた弓削が国語辞典に手を伸ばす。

今度弓削には『結婚ことわざ辞典』とか『男と女の昔からの言い伝え辞典』をプレゼントしよう。そんなものがあればだが。

「今どきはひとつふたつなんて歳の差にならないわよね。あたしももう少し年下に恋愛対象を広げようかしら。どう思う？　大和田くん」

桜沢は頬に手を当てて大輔に視線を向けてきた。

「それは桜沢さんの好きにすればいいと思いますよ。ただし三十代男性の平均年収は約四百七十万円で、二十代は三百二十万円ぐらいです。MLBのスター選手には遠く及びませんが、それでよければ」

「大和田くん、さすが、勉強しているわ」

以前に自分で言ったことを忘れているのか、桜沢は大げさに感激する。

「勉強熱心な大和田くんと弓削くんがいれば愛・燦々も安泰ね。あなたたちをスカウトしてほんとによかったわ。あたしって見る目あるわぁ」

自分で振った話になんのオチもつけず、意味のない自画自賛にすり替えて桜沢は立ちあがった。

「じゃあ、あたしはネイルサロンに行くから、あとはよろしくね。接客業としては常に身だしなみに気をつけるのも仕事のうち。でもきれいになりすぎないように、兼ね合いを諮《はか》らなくちゃね。お客さま以上の美貌っていうのも、仕方がないこととはいえ、申し訳ないわよね」

ひとりで勝手にまくし立ててうきうきと桜沢が出ていくと、弓削が静かに辞書を閉じる。

「お茶を淹れます。大和田さん。いただきものの烏骨鶏《うこっけい》のカステラがあるのでふたりで食べませんか」

「うん……ありがとう」

弓削の優しさに大輔は鼻の奥がつんと詰まり、思わず目頭を押さえた。

*

翌朝、いつもの時間に事務所へ向かおうとした大輔は、駅の改札を出てすぐに、背後からいきなり腕を掴まれた。

「ちょっと、あなた、待ってください」

背中から聞こえてきた声の主に思い当たる節もなく、大輔は訝しく思いながら振り返った。

大輔の肩の辺りまでしかない小柄で華奢な女性だったが、大きな目ときつい視線で弱々しくは見えない。

（というか……誰だっけ？　どこかで見たような気がするんだけど）

愛・燦々に来てから出会った人たちを思い出していると、女性が目を吊りあげて、挑みかかってきた。

「あなた、なんてことをしてくれたんですか！」

大きな目がかっと見開かれたとき、大輔は不意に気づいた。

「昨日の人――」

葛西と婚約者を駅まで見送った帰りにぶつかった女性だった。

「あの、もしかして昨日、怪我でもしたんですか？」

ぶつかった記憶もないし、突進してきたのは彼女のほうだ。全然自分は悪くないが、とりあえず大輔は尋ねた。

朝の駅への道はそれなりに人通りがあるが、皆ちらりとふたりを見ても急ぎ足ですり抜けていく。

「ちがいます！　あなたが葛西さんに女性を紹介したことで、とても迷惑してるんです！」

「葛西さん？」

「葛西敦樹さん。知らないわけないですよね！」

さすがに周囲を通りすぎる人たちが彼女の剣幕に足を止める。

通勤時間帯に道の真ん中を塞いで、女性とやりあっているのは目立ちすぎる。しかもこんな仕事場のそばでのトラブルはいろいろな意味で避けなければならない。

「通行の邪魔ですし、時間の無駄だから簡単に言いますが、葛西敦樹さんと私はスタッフとクライアントの関係です。それ以上は守秘義務がありますのでお話しできませんし、する必要もありません」

そう言って女性の手を振り払って、大輔は背中を向ける。

「ちょっと、ちょっと――話はまだ終わっていません！」

だが女性は諦めずに大輔を追ってきて、また腕を掴む。

擦れちがう人がちらちらと視線を流すのが、気になる。

――嫌だ、朝から痴話喧嘩？

――騙したのか……最低だな。

――女がストーカーってこともあるかも。

視線の意味はさまざまだろうが、きっとどれも外れている。が、これ以上さらし者になるのはいろんな点でまずい。

契約遵守《じゅんしゅ》でSNSは一切やっていないが、目撃した人間が「朝から別れ話。チャラ男が捨てったぽい」などの憶測を確定の事実として、画像付きでネット上にあげないとも限らない。個人情報など自分には関係ないことだと思っている人は少なくない。

（桜沢さん、いい加減なようでいて、そういうところは厳しいからな）

とりあえずしつこいこの女性を簡単に追い払うことは難しそうだと判断した大輔は一度足を止めて、女性を意識的に強く見下ろした。

「こんな場所で大声を出しあうのはお互いのためになりませんし、なにより周囲の迷惑です。こちらはあなたになんのお話もありませんが、なにか私に言いたいことがあるなら事務所でお聞きします。ちょうどこれから出勤ですから、本当に私に用があるならどうぞ」

視線と言葉に力を込めると、女性がぴたっと口を噤む。

それを確かめた大輔は踵《きびす》を返して、事務所へと向かった。

が、少し間を置いてひたひたと女性はついてくる。

(葛西さんとどういう関係？　誰だよ？　元恋人？　まさか、ちゃんと別れてなかったとか……いや、葛西さんはそういう嘘をつく人じゃないよな)

憶測でクライアントを疑うことをやめたものの、頭の中は疑問符で一杯だ。

一定の距離を取ってくる女性を意識したまま事務所に着くと、すでに出社していた弓削が、大輔の背後から現れた女性に目をまるくした。

「お客さまですか？」

始業時間はまだだが、そこは臨機応変に、弓削が手にしていたモップを背後に隠した。

「いや、ちがう……と思う。すまないけれど話があるそうなので、応接室を借りるよ。桜沢さんにはあとで俺から説明するから」

ついてきた女性から漂う緊迫感になにかを察したらしい弓削が、頷いて応接室のドアを開ける。

「お茶はいいよ」

気の利く弓削にそう言いおいて、女性を応接室に招き入れた大輔は扉を閉めた。

「どうぞ、お座りください」

突っ立ってこちらを睨みつけている女性に椅子を勧めて大輔は自分も腰を下ろした。

今日は水回りの掃除当番だというのに、朝からなんでこんな得体の知れないトラブルに巻き込まれなければならないんだ。

トラブルメーカーは桜沢さんだけでたくさんだ――内心そう毒づきながら大輔は正面に座る女性を見つめた。

動きやすそうなパンツスーツは質がよさそうだし、短く切った髪もバランスを保っていて、身なりにそれなりの金をかけているのがわかる。

大きな目も、まっすぐな鼻筋から引き結んだ唇のラインもなかなか整って、知的な美人という感じだが、いかせん表情が怖い。

（夜叉《やしゃ》っぽい……）

近づくと呼吸が止まりそうなほど、女性の顔は鬼気迫っていた。

「お名前をどうぞ」

平静を装って切り出すと、〝キッ！〟と音がしそうな視線で睨みつけられる。

「名前を聞くなら、自分から名乗るのが礼儀じゃないですか！」

何故そんなに喧嘩腰なのか、こちらが聞きたいと思いながら大輔は静かに言い返す。

「私に用があるのはあなたのほうですよね。私は出勤途中に言いがかりをつけられただけで、あなたの名前を知りたくもなければ、知る必要もありません。ですから、私にご質問があるなら、あなたから名乗ってください」

高校時代、歌舞伎町ナンバーワンホスト候補と言われたぐらい愛想も人あたりもいい大輔が、知らない人間とはいえ、これほどきつい言い方をすることはない。

だが自分の勤務先まで連れてきたからには、社会人としての責任がある。どちらに非があるかを分からせて、見境のない怒りを宥めなければならなかった。

彼女のほうも大輔の毅然とした態度に結局、怒りを顕わにしながらも、自分から名乗る。

「三橋愛梨《みつはしあいり》です」

「三橋さんですね。わかりました。私は大和田大輔といいます」

相手の怒りに引きずられないように、大輔はゆっくりと間を取る。

「それでご用件は……たしか……葛西敦樹さんのことだと伺ったような気がしますが、どういったことでしょうか」

「どういったもこういったも、ありません！　あなた、彼に女性を紹介しましたよねっ！」

いちいち語尾を強めて、そのたびに睨むのはやめてほしい。だが、めでたく結婚が決まった葛西に関することとあれば、聞き流すことも適当にあしらうこともできない。

対処が悪くてクライアントに害が及ぶなどあってはならない。

「それがどうかしましたか？」

「どうかって……」

大輔があまりに平然としているのに拍子抜けしたように、彼女は言葉に詰まった。だが、拳をぎゅっと握った三橋は力を込めて大輔を見返す。

「結婚話まで出ている私という恋人がいるのに、女性を紹介するなんてあり得ません！」

憤然と言い切る三橋に、大輔は彼女が葛西が以前付き合っていた彼女だという確証を得た。

「あなた、美人局《つつもたせ》でもしているのですか？　女性を紹介して敦樹からお金を巻き上げるつもりじゃないですよね！　大和田さん！！」

喉が嗄《か》れそうなほど力を入れる三橋の剣幕に驚くより『美人局』と言われたことにびっくりする。

（弓削くんがここにいたら辞書を引きそうだ。三橋って人もまだ若いのに、随分古いことを言うなあ……いや、たしか前の彼女は新聞社に勤務だと言っていたから、そういう方面に強いのかも。文化部記者か？）

今どき時代劇でしか聞かないような罪状を押しつけられて、大輔は逆に感心してしまう。

だが若い女性が傍目を気にしないほど怒っているのに、丁寧語で話すのがなんだかおかしい。育ちのいい人なのかもしれない。

葛西の元彼女はなかなか頭のいい女性らしい。順を追って話せばきっと理解するだろう。

「美人局じゃありません。男性に女性を紹介するのが私の仕事です」

「仕事？　どういうことですか？　彼を騙しているんじゃないんですか？」

三橋が思い切り顔をしかめるが、怒っているよりは数段ましに見える。

だが何故、そんなに簡単に大人の男が騙されていると思うのか。仮にも結婚を考えた相手がそんな男でいいのか。

（だいたい俺がそんな奴に見えるのか……？）

複雑な気分で大輔は答える。

「ここは結婚相談所です。結婚相談所が結婚相手を紹介するのは当然です」

そこで大輔はようやく上着の内ポケットから名刺を取り出して、三橋に差し出した。

「……愛・燦々って社名？　……戸口に怪しい宗教みたいな看板が出てましたけど……本当に、ここ、結婚相談所なんですか？」

「そうです。天地神明にかけて優良企業です」

（実は俺もそう思った。弓削くんが芸術的に描きすぎなんだ……）

一般人の感性を受け入れつつも、弓削の努力を慮って大輔はきっぱりと肯定した。

「でも、道端で知り合った人に女性を紹介されたと聞いたんです。敦樹はいい人ですが、頼りなくて騙されやすいんです。誰かが忠告してあげないと、深みにはまってしまいます」

怒りに困惑と心配が交じって眉間の皺が深くなる。

「いったい誰にそんなことをお聞きになったのですか？　葛西さんに直接お聞きになった

とは考えられないのですが」

葛西は彼女と別れたとはっきり言っていたし、大輔は彼の態度と口調からその言葉を信用している。

いまさら彼女がどういう立場で葛西を心配していたとしても、大きなお世話だ。

(だいたい一人前の男を騙されやすいとか頼りないとか言うな。男のハートは赤ちゃんのお肌なみにデリケートなんだからもっと優しくしてくれ)

大輔のほうも眉間に皺が寄ってしまう。

「敦樹のお母さんから聞きました」

三橋は顔をしかめたまま答える。

「最近、彼から全然連絡がなかったので、思い切ってお母さんの喫茶店に行ったんです。そのときに、敦樹の結婚が決まったって聞いて、すごくびっくりしました」

硬い表情ながら、三橋は回りくどい言い方をしなかった。

「いったいどういうことかと聞いたら、お母さんが『なんでも道端で知り合った人に紹介してもらった』って言うんです」

怒りが戻ってきたのか、三橋は大輔を睨みつけた。

「それってすごく怪しいじゃないですか！　お母さんはそれ以上はよくわからないってふわんふわんしていて……あのお母さん、人あたりもよくていい方なんですけど、昔っからなんだかつかみ所がないんです。息子が心配じゃないんでしょうか！」

苛立ちをぶつけるように三橋は大輔に向かって言い放った。

大輔としては、三十近い息子を心配しても仕方がないと、我が身を省みて思う。いい加減大人になってまで、親にあれこれ心配されたら立つ瀬がない。

そういう意味では葛西の母親は、息子を自立した大人だと見なしているような気がする。むしろ、息子が結婚相談所に登録したことをわかっていながら、元彼女の怒りを受け流していそうな感じがした。

けれど体よくあしらわれた三橋は怒りのやり場がないらしい。

「だから私が直接敦樹に話を聞くしかないと思って……。昨日はようやく仕事の都合がついたんで、敦樹に会いに行こうとしたんです」

「その途中で、葛西さんと婚約者を見送っている私を見たと、そういうことでしょうか？」

改めて昨日のすごい目つきを思い出しながら尋ねると、三橋がまさにその目つきで頷いた。

「では、見たままを受け入れていただくしかありません。葛西さんはあの女性と婚約しました。もうすぐ三十になる人間が自分で決めたことですから、他人がどうこう言う筋合いではありません」

挑みかかるような三橋の視線から目を逸らさずに大輔は語りかける。

「当然のことながら弊社は、恋人がいる方のご入会はお断りしています。葛西さんは、『長い付き合いの恋人がいて、結婚話まで出たが、振られて今はひとりだ』とはっきりと言っていました。カウンセラーとして、葛西さんが嘘を言っているようには聞こえませんでしたが、ちがうのですか？」

こういう弁が立って勝ち気な人には感情で訴えるより理詰めのほうがいいと大輔は判断してそう畳みかけた。

「全然連絡がない、とおっしゃっていましたが、別れたから連絡がないのではありませんか？　振られた相手につきまとうのは犯罪です」

「……たしかに結婚のことで揉めました。彼の煮え切らない態度に頭にきて私から別れを告げました。でも――私たち、大学のときから付き合ってたんです。もう十年になります。それがどうして一度の別れでこうなるんですか？　そんなに簡単なものじゃないですよね？」

そう言った三橋の視線が少し揺れる。

「別れはいつも一度きりです。三橋さん」

大輔の脳裏に、元妻と娘の顔が浮かぶ。

一度別れた家族はもう二度と戻らない。妻の説得に疲れてしまった大輔と、夫との話し合いから逃げた妻には結局なにも残らなかった。どんなに長く付き合おうと、激しく愛し合おうと、別れればなにもかもがゼロになる。

だからわずかでも相手を思う気持ちがあれば、そのとき、どんなことをしても手を離してはならなかったのだ。

大輔の胸が一瞬、火を当てられたように激しく痛んだ。

後悔してもどうしようもないことがこの世の中にはあるのだと改めて思いながら、大輔は唇を噛んで、三橋に向き合う。

「酷なことを言うようですが、葛西さんと三橋さんの道はもう分かれてしまったんです。二度と同じ道を歩くことはありません。三橋さんにできることは、葛西さんを心配することではなく、邪魔をしないことです」

「邪魔……」

呟いた三橋の視線が、すとんと膝の上に落ちた。

重たい鎧《よろい》を脱いだように、張り詰めた肩がすーっと下がった。

「三橋さん……あのですね……邪魔っていうのはその……なんというか……」

大きな目が潤んだのに気がついて大輔は慌てる。

自分がきつい態度を取ったことはわかっているし、基本的に大輔は優しい男だ。自分の言葉で女性を泣かせることに抵抗があった。

「邪魔って、刺さりますね……」

呟くように言った三橋は鼻を軽く啜《すす》ったあと、それでも顔をあげて大輔に向き合う。

「敦樹は、優しいんですけど、決断力がないと思ってました。だから別れるって言ったのは発破をかけるつもりだったんです。そう言えば、結婚を決断してくれるはずだって考えて。まさか、こんなことになるとは思いませんでした」

「そうですか……でも、三橋さん、……人生を決めるようなことで、他人を試してはいけません」

（俺は菜々子の気持ちを試す間もなかったけど……）

自嘲しながらも、大輔は三橋に伝える。

「それに十年も付き合ったのに、その気持ちを試さなければ信用できない人とは結婚できないでしょう」

必要以上に同情を引こうとしない三橋に大輔は真面目に答える。

「葛西さんには三橋さんのそういう考え方が通じなかった。価値観がちがうと感じたようです。結婚相手は大切だと思うものが近い人がいいと私に言いました」

「価値観って……好きって気持ちが一番大切じゃないんですか？　それが障害を乗り越える糧になるはずです。昨日今日、敦樹と知り合った人より、私のほうがずっと彼を好きなはずです」

大きな目に反抗的にも見える意志の強い色が浮かんだ。

「好きという気持ちはもちろん大切です。でも、毎日の暮らしは、それだけではどうしようもないんです」

大輔は自分のそれを振り返って言った。

「結婚生活を続けていくためには好きよりも、優しさとか思いやりが大事なときがあります……好きだから喧嘩していいわけじゃない。好きだから相手を試していいわけじゃない。

私はそう思います」

　大輔の静かな言葉に三橋の視線が落ちた。

「……確かに私のしたことは、彼を試したって言うのかもしれません。でも……敦樹とは長い付き合いでした。私が何を考えているかぐらい、わかっていたはずなのに……」

　悔しそうに唇を噛む三橋の顔に、大輔はふと菜々子を重ねてしまう。

　——何を考えているかわかったはずなのに。

　菜々子もそう思っていたのだろうか。

「……わかっていたはず……そう思うのですか？」

　自分に問いかけるように呟くと、三橋が顔をあげて大きく頷く。

「ええ、わかっていたはずなんです。だって、ずっとそばにいたんですから」

「いいえ、わからないですね」

　過去の自分を思い返しながら大輔は真摯に答えた。

「一緒にいてもわかりません。すくなくとも私にはわかりませんでした」

　三橋が訝しい顔になる。

「私は結婚に失敗しています」

　一瞬しまったという表情が三橋の目元を暗くしたが、大輔は目を逸らさずに続ける。

「三橋さんと同じように、私も元妻とはそれなりに長い付き合いでした。ですから彼女のことはわかっていると自負していましたが、そうではなかったと、今では思います」

大輔は一つひとつ言葉を確かめるように話す。

「どんなに好きでも、心だけで何もかもが通じるわけではない。大切なことは言葉にしなければ伝わらないし、伝えられない。私は、彼女との会話を諦めて、大切な人たちを手放してしまいました」

「……あ……」

何と言いたかったのかわからないが、三橋の唇が微かに動く。彼女を取り巻く空気が和らいだ。

「葛西さんも言葉足らずだったとは思いますが、あなたもまた、その優しさに慣れすぎていたのではありませんか？」

大輔は三橋に微笑みかけて「話は替わりますが」と言った。

「誰でも失恋はしますが、それをいい思い出にする人もいます。――私のクライアントでこんなことを言っている人がいました……僕の元恋人は頭がよくて、頑張り屋で本当に素敵な女性でした。彼女と付き合えてすごく幸せだった、と」

三橋が話の意味を察したらしく息を詰めて、その言葉を大切に仕舞うように胸に手を当てる。

「たとえ別れても、一度は付き合った人にそう思われる女性は素敵だと思います。三橋さんもきっとそういう方になれるはずです。もちろん私も、そうなりたいと思っています」

大きな目で一度大輔を強く見つめた三橋は、ゆっくりと立ちあがった。

＊

翌朝、大輔はいつもより早く出社して、掃除を始める。

結局、昨日いきなりの来客で水回りの掃除を弓削が代わってくれたので、その分を埋め合わせるつもりだ。

「ほんとに、男女の仲ほどやっかいなものはないな。とくに女性の気持ちはまったくわからない……草食男子が増えるのもわからないでもないよなあ」

独り言を言いながら便器を擦っていると、開けたドアから鳥の声が聞こえてくる。

振り返るとマツイヒデキのケージを持った桜沢が、欠伸をしながら入ってきた。

「早いですね。どうしたんですか。弓削くんもまだですよ」

トイレから出て、ケージを受け取りながら尋ねる。

「マツイヒデキが朝やたらとピーピー鳴いて、早くから起こされちゃったの。春でもないのに愛の季節到来かしら。とにかくうるさいから早く弓削くんに任せようと思って、連れてきちゃった」

やはり欠伸交じりに奥のドアの鍵を開けて中に入る桜沢のあとに続いた大輔は、ケージをいつもの場所に置いた。

「昨日は忙しくて話を聞けなかったけど、朝から大変だったらしいじゃない。ご苦労さま」

「ええ、まあ……」

言葉を濁して肩をすくめる大輔の肩を桜沢が慰めるように軽く叩く。

「こんな仕事だから、いろんな人がいて驚くこともあるわ。でも、それもかわいいと思うようになるわよ」

「かわいいですか……はあ……どうでしょう」

朝から突撃してくるような女性をかわいいと思う境地にはまだ達していない。

「恋をしている最中は誰でも周囲が見えなくなるのよ。大和田くんだって経験あるでしょ」

「ないとは言わないですけどね。でも俺が今したいのは恋じゃなくて、トイレ掃除なんで」

素っ気なく言ってもう一度ワイシャツの袖を捲り直した。

「鳥でさえ愛の季節なのにねえ、大和田くんは冬眠中だって、かわいそうでちゅねー」

(大きなお世話ですよっ!)

ピーピー鳴く鳥に、幼児語で話しかける桜沢に内心で毒づきながら背を向ける。そのとき、弓削が慌てた様子で飛び込んできた。

「おはよう、弓削くん。なにかあったのか?」

「どうしたの? ゾンビに追われた?」

いつもは冷静な弓削が焦っていることに驚く大輔の後ろで、桜沢も彼女らしい驚き方をする。

「いえ、あの、大和田さん。お客さまです」

「お客さま? こんな早朝のアポ――」

全部を言う前にカツカツと靴音がして、ぐいっと弓削を押しのけた。

「……三橋さん」

昨日と同じようにパンツスーツだが、表情がまるでちがう。

大きな目が、恋する乙女のように濡れてきらきらと輝いていた。

「大和田さん、私、あなたが好きになりました」

まっすぐに近づいてきた三橋は、あっけに取られている大輔を見あげてたたみかける。

「は？」

「私、自分がどうして敦樹を試したかを考えてみて、やっとわかったんです。はっきりものを言わない彼に、いつもいらいらさせられていたんです。自分の意見を言わない敦樹の優しさが優柔不断に見えて仕方がなかった。でもあなたはちがう」

三橋はいっそう目を輝かせて、瞬きもしないで大輔を見つめる。

「あなたのように自分の価値観を持って意見がはっきり言える人こそ、私の求めていた人だとわかったの」

「いや――俺は――全然――」

しどろもどろに否定する大輔の言葉など耳に入らないように、三橋は高らかに宣言する。

「私と付き合ってください！」

あまりのことに返事ができない大輔の視界で、目を丸くする弓削の顔が揺れる。

こらえきれずに噴き出した桜沢の笑い声に、マツイヒデキの高い囀《さえず》りが交じった。

それぞれの迷い道

「いつも悪いな。おまえが結婚したらそうそう来ないよ」

いつものように典親の部屋でビールを飲みながら、大輔は酔ったふりで頭を下げた。

「結婚かあ……。もともと全然する気がない上に、おまえの苦労話でまたまたその思いが強固になった。今やエアーズロックなみだ」

「世界遺産とはすごいな。でも俺もそんな気分だ」

仕事上のことはぼかしてしか愚痴らないが、さすがに一週間前の三橋の件は言わずにはいられなかった。

あの日、三橋に突撃されてあっけに取られたものの、桜沢の笑い声に我に返った大輔はきっぱりと断ったのだ。

*

『私は現在、結婚はおろか恋愛も考えていません。ですから、誰ともお付き合いはしません』

その場しのぎの言葉は事をこじらせる。言いたいことはびしっと言い切る。

桜沢の薫陶《くんとう》の甲斐あって、大輔はきっぱりと言い切った。だが三橋も強かった。

『現在は考えていなくても、いつかは考えるでしょう。私のことをわかってほしいんです。大和田さんと私はとても似ていますから、きっと理解しあえるはずです』

弓削の励ますような視線と、桜沢の興味津々という眼差しの中、大輔は頑張った。

『いつか結婚を考えるとしても、あなたのような方ではありません。どんなに素敵な女性でも、パートナーとしての相性は別ですから』

『どうしてですか？　付き合ってみなければ何もわかりませんし、ましてや相性など話もいないうちに決めつけるのはおかしいです』

否定されても凹《へこ》まない強さは、さすがと思うが、大輔も結婚相談所のスタッフとして意にそわない交際を受けるわけにはいかない。

しかも桜沢が口を出さずに成り行きを見守っている前で、おたおたはできない。

『三十一年間生きてきて、自分が好きだと思うタイプも気の合うタイプもわかっています』

『でも、それで失敗したんですよね。大和田さんの見立てが間違っているんじゃないですか？　それこそ好きってこととパートナーとしての相性は別ということだと思います』

正論で人の傷を抉《えぐ》る三橋に、大輔は彼女はなんて適職についたんだろうと、妙な感心をしてしまう。だが弓削の視線に同情と怒りが浮かび、顔をしかめた桜沢が三橋のほうに向かって一歩前に出たとき、我に返った。

自分の始末は自分でつけなければならない。

『私が今したいのは、結婚でも恋愛でもありません。事務所のトイレ掃除です』

桜沢を遮るように大輔は自分から前に踏み出して、三橋を見下ろした。

『他人の仕事の邪魔をする人間と相性が合うことは絶対にありません。三橋さんだって自分の仕事を邪魔するような男と付き合えないでしょう』

大輔の気迫にさすがに三橋の視線が揺れて、二、三歩後ろに下がった。

『でも……トイレ掃除でしょ……それはカウンセラーの仕事では——』

『仕事です。トイレ掃除も床掃除も、私の毎日の仕事です。新聞だってあなたが記事を書いただけじゃ誰も読めないでしょう？　印刷する人や配達する人や、ネットに上げる人がいるんじゃないですか？　人がひとりでできることなんて、ほんとに限られてるんです！だから結婚したくなるんです！　それがわかるまで二度とここに来ないでください！』

一気にまくし立てた大輔は、三橋の横をすり抜けてトイレに入り、ドアを固く閉めた。

そうして、力任せに便器を擦って掃除を終えたときには、桜沢はファッション雑誌を開き、弓削がお茶を淹れているといういつもの状態に戻っていた。

＊

「女の気持ちってほんとわからん」

缶ビールを缶ハイボールに切り替えて、大輔は炭酸と一緒に思いのたけを吐き出した。

「一度や二度会ったぐらいで好きとか言うか？　熱意は認めてもいいが、考えなしにもほどがある」

「今や男子が草食で女子は肉食だからな。今は小さいときから受験に、就活、婚活ときて、果ては終活だろう。いつもなにかの活動を強いられて休む暇がない。だからなるべく、目的まで最短距離で走り抜けようとするんだろう。いい男がいたらさっと捕まえるのが現代女性の人生の知恵なんだよ」

「なーにが人生の知恵だ。相手の素性もわからないうちに愛の告白なんて、ちょっと無防備すぎないか？」

「素性ったって、今回のことなら、おまえの勤め先も名前もわかっているわけだから、問題ないだろう」

焼き竹輪《ちくわ》を囓《かじ》って典親はさらっと言った。

「それに、どんな人間だって隠していることはある。いろいろ情報を得て、わかったと思うほうが裏切られることがあるんだよ。案外この人はいい人で、自分に合うっていう直感が当たってることのほうが多いかもしれないぞ」

なにか思うところがあるのか、典親は真剣な顔で竹輪を嚙みしめていた。

だが、大輔はやはり人は慎重であるべきだと思うし、親になってから、より、そういう思いを強くした。

（将来、香奈が擦れちがっただけの男にひと目ぼれして突撃したら、家に閉じ込める。なんと言われようとも、女の子だし心配だ！）

子どもが親の希望どおりになどならないのはわかっていても、そこはなんとか阻止したいと思いながら、大輔ももやもやした気分をハイボールで流し込んだ。

「でも、理論的ではきはきした女性は、実はおまえに合ってるかもな。そう警戒せずにまずはお友だちから始めたらどうだ？」

「自分に害が及ばないからって無責任なこと言うな。人の立場に立ってものを考えろ！」

酔った勢いで大輔は喧嘩腰になる。

「えーっ、俺だって女性に迫られたことぐらいあるぞ。坊主だからって舐めるな」

いつもより飲むピッチが速い典親も言い返してきた。

「どんな人だよ。妄想じゃないなら言ってみろ」

「おお、教えてやるぞ、聞いて驚け」

竹輪を嚙みちぎって典親が誘いに乗った。

「檀家の女性で、今年傘寿《さんじゅ》を迎えた人だ。すごいだろう」

「……傘寿……っていくつだっけ？」

一瞬きょとんとしてしまった大輔に典親が指で宙に〝八十〟と書く。

「八十……嘘だろう」

「こんな笑えない嘘を言うほど俺はオヤジじゃない」

憤然として典親は大輔を睨む。

「年齢うんぬんを言うと、なんちゃらハラスメントって言われるかもしれないけど、母親より年上の女性に迫られた俺の身になってみろよ。しかも相手は高額寄付の檀家さまだ。どうしろって言うんだよ！」

そのときのことを思い出したのか、典親は赤くなったり青くなったりしていっそうビールを呷る。

「ちょっとすごいな……おまえ、どうやって断ったんだよ」

「いいところのお嬢さま育ちだから、誘いも上品なんだよ。俺と〝後朝《きぬぎぬ》の別れ〟を試してみたいなんて囁きながら手を握るんだよ」

「後朝の別れって、源氏物語とかのあれか？　一夜をともに過ごした恋人が和歌を詠むってやつ」

「途中がいろいろすっとんでる気がするが、それだ」

典親は疲れた声で答える。

「おまえ、その古式ゆかしい〝姉さんかぶり〟が年配のご婦人をそそるんじゃないか？」

剃髪の頭に被った濃紺の日本手拭いを大輔は指さす。ふんわりと頭に被った手拭いの両端を後ろで結ぶ、いわゆる〝姉さんかぶり〟は典親のお気に入りだ。

「何がそそるだ。寺の大掃除のときはどんな坊主もだいたいこのかぶり方をする。通気が良くて温かい、そして髪の毛のない頭部を外敵から守るという完璧なかぶり方だ。つまり坊主のヘルメットだ」

「ヘルメットねえ……男が被っても〝姉さん〟とはこれいかにってな。で、おまえ、そのご婦人になんて言ったんだよ」

自分でくだらないツッコミを入れつつ、大輔は尋ねた。

「だからまあ……教養がなくてとか言いながら気づかないふりをした。それが一番平和だ」

深いため息をついた典親はその姉さんかぶりを脱いで、剃髪した頭を撫でた。

「世間の欲を払うために黒髪を剃ってるっていうのに、その女性はこの頭に〝萌え〟るんだとさ。女の趣味ってどうなってるんだ？　本当にわからん」

「萌えは日本独特の文化だっていうぞ。資源の少ない日本としては重要な輸出源になるらしいから、大事にしたほうがいい。だが、女ってわからんってのは同感だ」

同意する大輔の手からハイボールの缶を奪って、典親は一気に飲み干す。

「おまえはいいだろう。毛もあるしいい男だし、贅沢言うな！　仏罰を当ててやる！」

えいっと、焼き竹輪で大輔の額を叩こうとしたものの、狙いを外した典親はそのままごろんと畳の上に仰向けになって目を閉じた。

「飲みすぎだ……」

軽いいびきを立てて、竹輪を握ったまま典親はうたた寝を始めた。

「俺だって十分かわいそうだ。だっておまえの話なら断って当然だが、俺はこうやっておまえだって同情してくれないもんな」

ひとりでぶつぶつ言っていると、またあのときの気分が甦る。

弓削の同情する視線にも、割って入ってくれようとした桜沢にも、申し訳なさと同時に理不尽な怒りを感じてしまった。

人に文句を言っておいて、のんきに竹輪を握って眠っている典親にもむかむかする。

「だいたい食べ物を粗末にするなんて、おまえにこそ仏罰を当ててやる」

典親の机の上のペン立てから水性マジックをひっぱりだした大輔は、典親の頭にいたずら書きを始めた。

「……ん……がっ——」

飲んで寝込んだ典親は息を一瞬止めたが目を開けることはない。

大輔は典親の剃髪した頭に『竹輪応報』と書き終えてにんまりと笑った。

「竹輪で人を叩こうとした罪は重いぞ」

典親の手から竹輪を取り上げた大輔は、ちびちびとそれを齧りながら、ふはふはと奇妙にこみ上げてくる笑いを洩らした。

＊

三橋事件から二週間たったころ、大輔は弓削から渡された写真付きの葉書に、思わず笑みをこぼした。

「山田さんです。結婚の挨拶状をくれました」

山田茂《しげる》は大輔が初めて受け持ったクライアントで、奥手でデートにこぎ着けるのにも大変だったが、無事に成婚にいたったのだった。

「よかったわね。幸せそう。山田さんは脳みそ八丁度が低かったものね」

新婚旅行で行ったらしい海岸を背にむつまじく肩を寄せたふたりに、桜沢はにっこりとする。

「確か、奥さんが奏でるピアノをBGMに星を見たいっていう希望だったわよね。で、奥さんは結局ピアノが弾けるんだったかしら?」

「ピアノじゃなくて電子オルガンだそうです」

「そう、どっちにしてもいい趣味じゃないの」

満足そうに頷く桜沢に大輔も同意する。

「もっとも、山田さんは、彼女だったらなにも弾けなくていいって言ってましたよ」

——一緒にCDを聴くのも楽しいって思いました。彼女とならいるだけで楽しいんです。

照れくさそうな笑顔は、どことなく幸薄い感のあった山田を一気に明るく見せた。

「条件とちがっていても、いいと思う人と巡り会えたのは幸運だったわね。大和田くんの努力の成果ね」

「ありがとうございます」

自分の仕事を褒められた大輔は頭を下げたが、桜沢が訝しい表情になった。

「どうしたの。大和田くん。元気がないけれど」

豪快な桜沢だが人の様子はよく見ている。

いつものくだらない冗談を言わずに、気遣う視線を向けてきた。

「……いいや、大丈夫です。月曜日はエンジンのかかりが遅いんですよ」

そうは言ったものの、本当はとても疲れていた。

（いや、疲れているのは香奈のほうか……）

大輔は昨日の香奈との面会日のあれこれを思い出して、ため息が出そうになった。

＊

娘の香奈との面会は月一回と決められていて、大輔は毎回、前日から、期待で眠れないぐらいドキドキする。

香奈は五歳になったばかりだが、この年頃の一月《ひとつき》は大人の一年、いや二年にも相当するのかもしれない。

会うたびに大きくなり、言葉が増えて、生意気も言う。

体つきは菜々子よりも大輔に似て、子どもながらに手足が長く背が高い。だが顔は母親そっくり。親のひいき目ながら、笑うと辺りが明るくなるような華やかさがあり、すごくかわいい。

その笑顔を見るのを楽しみに、大輔は車で約束の場所に向かった。

一分でも早く娘に会いたい大輔は、約束の十五分も前に着いたが、香奈はもう到着していた。背伸びをしながらやってくる車を見つめている。

大輔が香奈に気がつくと同時に、娘も気がついたらしく大きく手を振った。

「おとうさん！」

口の形でそう言っているのがわかって大輔は胸を熱くさせながら、車を止めた。

香奈の隣には中年の男性が付き添っていて、大輔に頭を下げた。

門村《かどむら》という人物は、菜々子の実家の使用人で信頼が篤い男性だが、毎回こうして送迎に他人がついてくることに大輔はわだかまりを覚える。

月に一度の面会日ぐらい母親がついてこられないものだろうか。

別れた夫の顔など見たくもない気持ちはわかるが、香奈が普段どうしているのか、毎日一緒にいる菜々子の口から直接聞きたいと思うのは、父親として当然だと思う。

菜々子は納得していないけれど、大輔だって香奈をなにより大切に思っているのだ。

だが、離婚話が出てからは弁護士を通じてしか大輔に接触してこなかった菜々子に、それを望んでもわかってはもらえないだろう。

けれど、菜々子は壊れていくふたりの仲をどう感じていたのか、それを知りたかった。

今でも彼女が最後に思っていたことを聞けるのなら聞きたい。一方的な手紙だけで終わってしまった関係に今さらながら後悔していた。

胸に残るわだかまりはきっと、彼女のあのときの気持がわかるまで消えないような気がする。

もちろんわかったところで、あのとき押し切られてしまった大輔の罪が消えるわけではないが。

（俺たちは、なんて努力しない夫婦だったんだろうか……）

大輔が車を降りると、香奈は飛びついてきた。その屈託のなさにまた後悔を感じながら、大輔は娘をしっかりと抱き締めた。

「元気にしていたか？」

頷く頭を撫でて、大輔はその温もりを全身に染みこませる。

「では、大和田さん、五時にここでお待ちしております。一分の遅れもないようにお願いいたします」

親子の挨拶も済まないうちに、慇懃《いんぎん》無礼《ぶれい》な口調で門村が言った。

「わかっています。渋滞などで万が一遅れるときは、携帯にお電話いたします」

「そういうこともないようにお願いいたします。万里小路の旦那さまと奥さまがそれはそれは心配されますので」

礼儀正しいが、言っていることは失礼極まりない。父親をなんだと思っているのだと、大輔は言いたい。

香奈を守らなければならないのは祖父母ではなく、菜々子であり、大輔だ。

菜々子との仲は壊れても香奈は今だって自分の娘だ。大げさではなく、命に代えても守る覚悟ぐらいある。

そんな大輔の不愉快さを、抱き締められている香奈は敏感に感じたらしい。

ぱっと自分から顔をあげて、門村に笑いかけた。

「大丈夫。香奈も携帯を持ってるんだよ。これで香奈がどこにいるかわかるってグランパが言ってたもん」

(実の父親に会わせるのにGPS付きかよ)

いっそうむっとしたものの、どこでなにがあるかわからない時代だから仕方がない。香奈の安全の前には、自分のプライドなんて塵《ちり》みたいなものだ。

言いたい言葉を飲み込んだ大輔に門村はさらに追い打ちをかける。

「その車はお買いになったのですか?」

離婚と同時に安アパートに引っ越した大輔は、所有していた車も売り払った。

香奈との面会日には必要に応じてレンタカーを使っていたが、今日はたまたま使わないと言って典親が貸してくれた。

「友人に借りました」

門村は今回乗っているのが、レンタル特有の〝わ〟ナンバーではないことにすぐに気がついたらしい。さすがに万里小路家の信頼が篤いだけのことはあると感心する。だが、頭にいたずら書きをしたことを根にも持たずに車を貸してくれた典親の仏心にケチを付けられた気がして、大輔はぶっきらぼうに答える。

「失礼ですが、保険は?」

(生まれる前からチャイルドシートを用意した俺が、無保険で香奈を乗せると思うか?)

冷静なツッコミが、ある意味まともだとはわかっている。大輔だってどんなに親しい人間でも香奈を預けるとなれば、根掘り葉掘り聞くだろう。

門村は単に責任を全うしているだけだと、大輔は自分に言い聞かせる。

「一日だけの保険に加入してきました」

それでも気づかぬうちに口調がつっけんどんになったらしい。

心配そうに香奈が大輔の手を引いた。

「早く、行こう。おとうさん。時間がなくなっちゃうよ」

大輔の手を片手で摑みながら、もう片方の手で門村に手を振った香奈を連れて大輔は車に乗った。

ルームミラーから門村の姿が消えて、大輔はやっとほっとして、香奈に尋ねた。

「どこか、行きたいところはあるかい？　遊園地とか動物園とか」

有名幼稚園の受験のために塾に通った香奈は、受け答えがしっかりしていて、尋ねたことにはもじもじせずにそれなりの答えを返してくる。

先月はすぐにアニメ映画を観たいと言ったし、その前はイルカショーが希望だった。

だが珍しく香奈は「うん……」と曖昧に返事をした。

最初に見せた明るい笑顔は消えて、俯き加減なのが気になる。

「どうした？　香奈。元気がないぞ」

軽い調子で聞きながらも、もしかしたら香奈が自分に会いたくなかったのではないかという不安が募ってくる。

ひと月に一度しか会わない父親など、だんだん会うのも面倒になってくるのかもしれない。もしかしたら万里小路の祖父母が、大輔はいい父親ではないと印象づけているのかもしれない。

(いや、いくらなんでもそんなことをする人たちではない)

娘かわいさのあまり、下品な疑いを抱いたことを恥じて、大輔は香奈の様子を横目で確かめる。

薄い薔薇色のワンピースはたぶんブランドものだろうし、肩の辺りできれいに内巻きになっている髪も、菜々子と一緒に、高級美容院でカットしているにちがいない。

十分に手をかけられているのは明らかなのに、香奈の顔色は冴えなかった。

「風邪でも引いたか？　今日は無理をして来てくれたのかな」

そうだと言われたら泣きそうだけれど、香奈の体調が最優先だ。来月までまた会えないにしても、もしそうなら今日はすぐに家まで送り届けようと、大輔は覚悟をする。

だが香奈は大輔を見あげて、小さな声で言った。

「あのね、おとうさん……香奈ね、すごく疲れてるの」

「疲れてる？　どうした？　寝不足か？」

子どもの頃にそこまで疲れた記憶などない大輔は驚いて、尋ねる声が裏返った。

「寝てもすぐに朝が来て、眠った気持ちになれないの……はあ……」

まるで生活に疲れた中年のような言い草だ。

「甘いものが食べたいなあ……」

「そうか、とりあえず、ファミレスでいいかな？」

フロントガラス越しにファミレスの看板を見つけて大輔は急いで聞く。香奈が頷いたのを横目で見て、大輔はその駐車場へとウィンカーをあげた。

五歳の子が、どういう生活をすれば『眠った気持ちになれない』ほど疲れて『甘いものが食べたい』気分になるのだろうか。

子どもらしくファミレスのメニューに目を輝かせて、香奈はフルーツと生クリームがたっぷりのったパンケーキを頼んだ。

「他にはいいのか？」

食い入るようにいつまでもメニューを見ている姿がかわいらしくて、つい甘やかすように尋ねる。

「いいの？　だったらマロンアイスも食べたいけど、でもグランマやママは、甘いものはたくさん食べちゃ駄目って言うの。体に悪いんだって……」

「今日ぐらいなら大丈夫だよ。もちろんお腹を痛くするほど食べちゃ駄目だから、半分はおとうさんが食べてあげるよ」

「うん！」

満面の笑みを浮かべた娘に大輔はファミレスのメニューを全部頼んでやりたくなる。

日々の躾《しつけ》をする菜々子が大変なのはわかっている。たまに甘やかすなら誰でもできると言われそうだが、大輔はあえてそれに目をつぶった。

（だって、この年頃の子が疲れて甘いものがほしいなんて、おかしいだろう）

すぐに運ばれてきたアイスクリームを嬉しそうにスプーンで掬《すく》う香奈に、大輔はさりげなく尋ねる。

「疲れたって、どうした？」

「お稽古が大変なの」

念願の甘いものを口に入れたことで元気が出たらしく、香奈は上目遣いにくりっと目を動かす。

「どのお稽古が大変なんだ？　難しいのか」

菜々子と揉める原因になった習い事の数々を思い出し、大輔は無意識に眉根を寄せた。

「いろいろあるけど、バレエとピアノの発表会が近いから、とっても大変」

半分食べたアイスクリームを大輔のほうへすべらせ、今度はパンケーキの皿を引き寄せながら香奈は「ふう」と息を吐く。

「バレエはいいの、大好き。体を動かすのはすっごく楽しい。先生もうまいって言ってくれるし、発表会でもたくさん踊れる役をもらったの」

「そうか、それはすごいなあ！」

大輔の返事に、香奈はぱっと明るい表情になる。

部活でがつがつスポーツをすることはなかったが、大輔も運動は得意だ。鳶職の父と兄は出初《でぞ》め式で梯子《はしご》乗りの演技を披露するほどの腕前だし、そういうところはやはり似ているのかもしれない。娘との共通点を見つけて内心大輔は嬉しくなる。

「すごいでしょ。おとうさんは見に来られないの？」

少し遠慮がちなのは、母たちと大輔の関係を察しているからだ。

「うん……ごめんね。仕事なんだ」

我が子に気を遣わせたことに心が痛まずにいられない。

「そっか……おとうさんを呼んでほしいって頼んだら、グランマもそう言ってたから、仕方がないよね」

笑った顔をが寂しそうなのが、また大輔の心を抉る。

同時に娘の頼みを、自分の予定を確認することもなく断った元義母に、ざらついた気持になった。

「……今度な。行けるときがあったら行くよ」

真実味のない言葉だと思いながらも大輔はそう言うことしかできない。

だが香奈は嬉しそうに頷いてから声を潜めた。

「でもね、ピアノの発表会は来ちゃ駄目」

「どうして？」

大輔の疑問に香奈は表情を暗くする。

「ピアノはあんまり好きじゃないし、上手くないの。今こんなに疲れてるのはピアノのせいだもん」

話を戻した香奈はため息交じりにいった。

「なんだかピアノはすごく疲れるの。しかもバレエの発表会の次の日曜日がピアノの発表会。家に帰ってもママがいいって言うまで練習しなくちゃいけなくて、頭がいっぱいになる」

「ピアノの発表会をお休みすればいいじゃないか？　バレエで大きな役をもらったから、今年はそっちに集中したいってママに言ってもらえばいいだろう」

いかにも大雑把な父親らしい意見に、香奈はませた視線を投げかけてきた。

「そんなのお願いできるわけないよ。もう発表会のドレスもつくっちゃったし。出ないなんて言ったら、ママもグランマもがっかりして病気になっちゃうもん」

諦めの交じった香奈の言い方に大輔は愕然《がくぜん》とする。

まだ五歳の子どもが親ががっかりすることを心配するのを、優しい子だなどと安易に褒められない。

五歳の頃なんてよく覚えていないが、兄ととっくみあいの喧嘩をして、母に怒鳴られてばかりいたような気がする。

他人には気を遣うことを教わっていたのだろうが、叱られない限り親に気を遣うなどなかったと断言してもいい。

「じゃあ……おとうさんが頼んであげるよ。香奈が大変そうだからって」

菜々子が自分の言うことを素直に受け入れるとは思わない。だいいち会うことも難しそうだが、香奈のためだからなんとしても伝えよう。

発表会を見に行ってもやれない父親だが、せめてそれぐらいはしてやりたい。

目の前で小さな娘が悩んでいるのを見ると、やはりあのとき離婚に承諾したのは間違いだったのかと思う。

「いい、大丈夫」

パンケーキをナイフで切りながらしばらく考えていた香奈は、首を横に振った。

「どうして？」

「だって、ママは香奈のために言ってくれてるんだと思うの。女の子はたくさんお勉強をして、立派な女の人にならないと駄目なんだって。今、頑張らないとママみたいに失敗するのよって、本当に哀しそうに言うんだもの」

「失敗──」

娘の前だが大輔はその言葉を口に出してしまう。

その『失敗』はおそらく大輔との結婚をさしているのだろう。

恵まれたお嬢さま育ちで順風満帆だった菜々子が味わった人生初の挫折は、大輔との離婚以外考えられない。

（俺との結婚は、菜々子にはただの失敗だったのか……）

恋をしているときも、結婚しているときも、大輔は幸せだった。

香奈が生まれて本当に嬉しかったし、たまにしか会えなくても父親だという気持ちは変わらない。子どもがいて嬉しいと素直に思える。

それなのに、菜々子には失敗でしかなかったのか。

パンケーキをおいしそうに頬張る香奈を見ながら、大輔は人生を全て否定されたような気分になっていた。

——これじゃ、駄目だ。

疲れている父親では、親子関係まで失敗だと香奈に思われそうだ。

それだけは避けたいと大輔は自分を叱咤して背筋を伸ばした。

＊

——ガシャン。

突然大輔の物思いを遮るように、背後で茶碗の割れる音がした。

振り返ると床に落ちたマグカップを見て、ぼーっと佇んでいる弓削がいた。

「弓削くん、大丈夫？」

声をかけながら近づいた大輔がカップの残骸を拾い上げると、ようやく弓削の目が動いた。

「あ……すみません……ちょっとうっかりしてて」

「弓削くんがぼーっとするなんて珍しいな。怪我はないのか？」

割れたカップを片付けながら大輔は弓削の顔色がいつもより白いのを見て取った。

五歳でも二十代でも、三十代も、みんながぐったりしている。老若男女問わず疲れた人でこの世はいっぱいらしい。日本は社会自体が疲弊しているのだろうか——。

現代の病理の深さを考えはじめた大輔の思考を、手紙を選《え》り分けていた桜沢があっさりと打ち破る。

「だから、休みなさいって言ったでしょう」

「いえ、大丈夫です」

がくがくと錆《さ》びたロボットのように弓削は動き出したが、明らかに様子が変だ。

「大丈夫に見えないけど、どうしたんだ？」

「絵を描いてるのよ」

大輔の疑問に桜沢がさくっと答える。

「近々グループ展があって、連日徹夜ってとこね」

立ちあがって弓削の机に向かった桜沢は、スマートフォンを取り上げると弓削に握らせる。

「はい。もう帰って、寝る。起きたらご飯を食べて、描く。展覧会が終わるまでは出社しなくていいから」

「……でも……」

ためらう弓削を桜沢が一喝する。

「ぼーっとしてカップを落とすような人が接客できるわけがないでしょう。うちに来るお客さまはデリケートだから、こちらは万全の態勢でお迎えするのが当然」

接客の心構えとしては完璧だ。問題は、さんざん飲んだ翌日に点滴を受けた経験のある桜沢が言っているということだが、『弓削は項垂れるように頷く。

「はい……すみません……」

「謝る必要はないわ。あなたをスカウトしたときに、絵を描くときはお休みを取るっていう約束だったのをあたしはちゃんと覚えている。それは契約上の当然の権利なんだから堂々と行使しなさい」

桜沢はワンマンだが、こういうところはいいところだと大輔は思った。

「あなたがいない間は、掃除も書類整理も大和田くんに任せて大丈夫よ。もうひとり立ちできるでしょう」

弓削の仕事を一ミリも肩代わりする気のない桜沢にひと言言いたくはなるが、いかにも申し訳なさそうな弓削を励ますように大輔は笑いかけた。

「そうだよ。大丈夫。どうしてもわからないところは弓削くんが戻るまで残しておくから。今は展覧会に集中したほうがいいよ」

「はい……ありがとうございます」

大輔の言葉にも背中を押されたように、弓削は何度も頭を下げて、事務所を出ていった。

「いいわねえ」

弓削の背中で扉が閉まると、桜沢が嘆息する。

「なにがですか？」

「あんなふうに寝る間も惜しんで集中できることがあるって、幸せだって思ったの。あれこれと手を出しても飽きて投げ出す人がほとんどなのに、弓削くんはあの若さでたったひとつやりたいことがわかっている。疲れる甲斐もあるってものよね」

「……そうかもしれませんね」

今にも倒れそうなのに、目だけは輝かせて帰っていた弓削に、憂鬱な顔をした香奈を重ねてしまう。

できることならば、疲れなんて感じないほど、楽しい子ども時代を過ごしてほしい。

（なんとかしてやらないと……）

父親とはいいながら、容易に手が出せない自分の立場に大輔は焦りを感じていた。

＊

「トイレ掃除が終わりました。小鳥のケージを掃除しましょうか？」

白いシャツブラウスに黒いスカート。

髪は後ろにきちんと黒ゴムで結んで、メイクはナチュラル。

まるで就職活動の見本のようなスタイルで、伊藤亜佐美《いとうあさみ》は床掃除をしている大輔に報告する。

「ああ、ありがとう。でも小鳥はいいよ。奥の部屋にいるから俺がやる」

「……はい。じゃあ、コーヒーの用意をします」

少し訝しげな顔をしたものの、亜佐美は素直に小さなキッチンへと向かった。

弓削が抜けている間、大輔が全て肩代わりすると勝手に宣言した桜沢だったが、二日後には短期のアルバイトとして二十一歳の女子大生、亜佐美を雇い入れた。

桜沢の話だと「このビルのオーナーの知人の知り合いの姪《めい》の女子大生」で、「うまく行かない就活の気分転換に頼まれた」らしい。

スタッフは自分で選ぶことに決めている桜沢が、繋ぎの間とはいえそういう形で人を雇うことに大輔は驚いた。その反応に桜沢は珍しく苦笑して「あたしだって社会に生きてるんだから、しがらみのひとつやふたつあるのよ」と言った。

ついでに「バイトが来るだけラッキーでしょ」とも、付け足した。

だが大輔は、そんな若い女性がトイレ掃除をしてくれるのかという不安が先に立っただけだ。

しかしやってきた亜佐美は、大輔の想像とはまったくちがって、身なりからして真面目さが滲み出る娘だった。

中肉中背というごく平均的な体形に、三人官女のような一重《ひとえ》瞼《まぶた》の古風な顔立ちは、若い女性としては地味な部類に入るだろう。

もともと若い女性特有のうるささと紙一重の賑やかさが大輔は苦手だ。元妻の菜々子は間違いなく華やかな部類の女子大生だったが、それは彼女の雰囲気であって、仕草や口調は落ち着いていた。

菜々子と亜佐美を比べるつもりはないけれど、亜佐美の余計なことを言わない静かさに好感を抱いた。

トイレも嫌がらずに掃除するし、お茶もきちんと淹れる。最初に提出した出勤スケジュールどおりにバイトにきて、遅刻もなければ、早退もない。ついでに字もペン習字の手本のようにうまい。

自分の学生時代とは比べものにならない真面目さで、かえって心配になる。

一度、「ゼミなんかで急な用事があったら、連絡をくれればいいよ。突然の飲み会もあるでしょう」と言ったら、笑いもせずに亜佐美は首を横に振った。

「単位はほとんど取りましたし、飲み会は嫌いなので、予定は変わりません。健康にも気をつけていますので、ちゃんと出勤します」

真剣な目でそう答えられると大輔も「そ、そう。助かるよ」としか言えなかった。

どうして就職が決まらないのか不思議な気がする。

そんなことを思いながら大輔が、マツイヒデキのケージを掃除するために、奥の事務所の扉をノックして開けると、新聞を読んでいた桜沢が顔をあげた。

ここのところ桜沢は必要以外は奥の部屋から出てこないが、なにか心境の変化でもあったのだろうか。

「看板鳥たちの掃除をしたいんですけど、いいですか?」

「お願いね」

弓削が不在でも、ケージの掃除すらあくまで人任せの桜沢に半分呆れながらも感心しながら、大輔はピーピーいう小鳥たちの掃除を始める。

「いたっ――噛むな。こら、ヒデキ」

大輔には馴れていないヒデキが大輔の指に突撃する。グリーンの背中に覆面レスラーのようなオレンジの顔をしたヒデキはなかなか好戦的だ。

ブルーの羽根にホワイトフェイスのマツイのほうは、大輔を新しい下僕だと思っているらしく、ケージの天井に張り付いて、「早くしろ」という顔で不手際な掃除を見ていた。

「掃除してやっているのに、礼もなしか? マツイ」

上品な見た目がいかにも人を馬鹿にしているようで、鳥相手にカチンとくる。

「弓削くんにはすごく馴れていたんだけど、ちがう人だってやっぱりわかるのね。鳥って案外頭がいいんだ」

コザクラインコの抵抗に悪戦苦闘する大輔に桜沢はのんきな感想を口にした。

「飼い主は誰ですか? ほんとにもう」

愚痴をこぼす大輔はヒデキを振り払いながらしかめっ面を隠さない。

「せっかく伊藤さんが掃除をしてくれるって申し出てくれてるのに……やってもらいたいですよ」

「彼女は駄目よ。アルバイトを個人資料があるこの部屋には入れられないわ」

桜沢はぴしっと言い切った。

「弓削くんは入り放題じゃないですか」

混ぜ返す大輔に、桜沢は真面目な顔と口調になった。

「弓削くんはこれまでの仕事ぶりを見ても十分に信用できるし、万が一なにかあっても弓削くんを雇ったあたしの責任だと言える。でも彼女はちがう。まだ、信頼に値するのかどうかは判断できない。危険から遠ざけるのは愛・燦々の責任者として当然でしょう」

「それでいつもここに陣取っていたんですか」

「キャビネットの鍵の調子が少し悪くてね。思い切り引くと鍵がかかっているのに、開いてしまうのよ。重みがかかりすぎてるのかしら」

大輔の質問に直接答えずに桜沢は顔をしかめる。

「弓削くんが戻ったら修理を呼んでもらうわ。今は人手が足りないし」

「そうですね。まあ、キャビネットの扉を力任せに開ける人なんていませんよ」

それもそうねと、頷く桜沢に同意してから、大輔は話を戻してみた。

「……でも、伊藤さんはすごく真面目ですよ」

豪快に見えて、神経質なことを言う桜沢に改めて驚きながらも、大輔は伊藤を庇った。

「時間にも正確で、働きぶりも丁寧で、安心して任せられます」

「大和田くんは優しいわね。そのなりでその性格だもの。愛・燦々の力は必要なさそう」

茶化しながら桜沢は軽く肩をすくめる。

「でも、あたしは大和田くんのように優しくはないわけ。伊藤さんが真面目なのはもちろん認める。でもあたしぐらいの歳になると、経験からくる猜疑心《さいぎしん》が増えちゃって、真面目がイコール信頼には繋がらないのよ」

「でも真面目じゃない人はもっと信頼できないですよ」

マツイに馬鹿にされながら餌を取り替える大輔に桜沢は、そうね、と微笑んだ。

「あんまり真面目がいきすぎると他人が許せなくなって、踏み外しちゃうことってあるんじゃないかしらねえ」

「どういう意味ですか？」

ヒデキの攻撃をかわして掃除を終えた大輔は、桜沢に向き直った。

「きっちり仕立てすぎた洋服は、逆に着づらいのよ。ちょっと太ると苦しいしね」

意味のわからない譬えに大輔は納得いかないが、桜沢は話題を変えるように、大輔に向かって書類を差し出した。

「今日、この方たちがいらっしゃるから、よろしく」

「和久井《わくい》耀子《ようこ》さん、瑠璃花《るりか》さん……姉妹でご入会ですか？」

ぱっと読み取った連名に聞き返すと、桜沢がなんとも言えない笑みを浮かべる。

「お母さまとお嬢さまよ。たぶん今日いらっしゃるのはお母さまのほうだと思うけど」

「……もしかして、訳ありですか……？」

思わせぶりな口調に不穏さを察して大輔はおそるおそる尋ねた。

「あれ、うちにくるクライアントで訳ありじゃない人なんていたかしら？」

桜沢はにこっと笑って話を打ち切った。


――訳ありにしてもほどがある。

大輔は目の前に座った和久井耀子の凄まじい迫力に、割り振ってきた桜沢を恨みたくなる。

誰でも知っているような高級ブランドのスーツに、完璧にセットした髪型にメイク。爪の先まで抜かりなく手入れが行き届いているのは、時間にも金にも十分に余裕があるからだろう。

それだけならセレブで上品な奥さまという感じだが、自分の意見だけをまくし立ててくる気迫に、大輔はたちまち土俵際に追い込まれる。

「瑠璃花は本当にいい子なんですの。こう言ってはなんでございますが、いい子すぎてなかなか釣り合う方がいないんですのよ」

なんですの・ございますの変格活用――セレブ語と大輔が内心読んでいる接尾語を、耀子は自在に駆使して今日はなぜか連れてきていないらしい、娘の価値を訴える。

「ピアノは先生に音大進学を勧められたぐらいの腕前ですし、お茶とお花は師範の資格を持っていますの。お稽古に必要ですから当然、お着物の着付もできるんですの」

「それはすごいですね」

大輔は、簡単な相づちだけに留める。

「ええ、本当にすごいんですのよ」

耀子は満足そうに頷いて、自らまた自分の意見を肯定する。

「バレエも小さい頃から習っていたんですが、先生が何度も留学を勧めるものですから、娘を手放す気のない主人が、しつこいって怒ってやめさせましたの……本当になにをやってもできすぎて、先生が必要以上に瑠璃花に目をかけすぎてしまうんですわ」

「はあ……それは才能でしょうねえ」

書類によると有名女子大卒の瑠璃花はまだ二十三歳で、結婚相手を慌てて探す必要もなさそうだ。もしかしたら耀子は自慢話をしにきたのだろうか。

それだったらひとりで来るのもわかる。

(でもそれだけのために高い会費を払うか？)

疑問に取りつかれた大輔は相づちに力が入らなかったが、耀子は人の反応などお構いなしにどんどん娘の価値を釣りあげていく。

「ちなみに今どきはあたりまえすぎて、声高に言うのも恥ずかしいんでございますけれど、英会話にも不自由いたしません」

「それはすごいですね。羨ましい」

　今どきは英会話ができるのがあたりまえだという認識に衝撃を受けつつ、大輔は素直に賞賛する。

「ええ、瑠璃花はどんな場所でも立派にホステス役が務まりますわ。お料理も有名な先生について基本からきっちり習っておりましてね、大人数のホームパーティーの料理もさっとこなしますわ。主人の会社の部下を集めてパーティーを開いたときなど、みなさん、絶賛で……瑠璃花と結婚できる男性が羨ましいなんておっしゃって」

「では、その中にお嬢さんのお眼鏡に適う方はいらっしゃらないのですか？」

　耀子の夫、つまり瑠璃花の父は、誰もが知っている一流企業の役付きだ。推定年収数千万はありそうだし、その部下ならきっとエリートだろう。

　だが耀子は馬鹿にするような目で大輔を一瞥して、すぐに笑い顔をつくる。

「いいえ、みなさん瑠璃花を見て腰が引けたようですわ。高嶺の花だなんて正直なことをおっしゃって……」

　口元を押さえて「ほほほ」と完璧なセレブ笑いを耀子は披露したが、大輔は引きつり笑いで頷くのが精一杯だ。

　手塩にかけた子どもを自慢するのは悪いことではない。親が一番子どものいいところをわかってやらなければならないと思う。けれど、すぎた自慢は目を曇らせる。

(いったいどんな男なら、そのなんでもできるお嬢さんにふさわしいと思っているんだ？この母親がいるだけで敬遠されるぞ)

クライアントの気持ちに寄り添うことが基本とはいえ、聞けば聞くほど反発心が湧き上がってきた。

スタッフとしてあるまじき気持ちを抑え込んで、耀子の自慢話が一段落ついたところで大輔は質問に取りかかる。

「それで、どういった条件をご希望なのでしょうか？」

この調子だと娘には了解を取らずに来ているような気がする。聞くだけ聞かないうちはにっちもさっちもいかない。何度目かの腹を括った大輔はできるだけ穏やかに、耀子に問いかけた。

「そうですわね。やはり国際的な活躍をしている方がいいですわね」

待ってましたとばかりに耀子は身を乗り出す。

「こういう時なので言わせていただきますが、瑠璃花ほどの女性が妻だと海外でも通用しますから、夫のステータスをあげるのは間違いないんです。ひいては日本女性のすばらしさもアピールできる……そう思いませんこと？」

「できる女性が活躍するのはいいことだと思いますが……」

別に活躍の場は海外じゃなくてもいいし、夫のステータスをあげることは活躍とはちがう気がして、大輔はあやふやな答えになった。

「そうなんですの。ですから一流商社にお勤めの方がいいと思っているんですの。海外赴任の際も、瑠璃花が今まで身につけたことを、役立てることができますでしょう。それに、子どもができればごく自然にバイリンガルとして教育できますし」

「はあ……海外といいますと……」

「アメリカ、イギリス、ドイツ……でしょうかしら」

あまりにも狭い範囲の海外に大輔は内心頭を抱える。しかもドイツの公用語はドイツ語だったはず。だがそこを突っ込むのは話を混乱させるだけだ。大輔は、本題に取りかかった。

「結婚に関してお嬢さまはなんとおっしゃっているのですか？」

「瑠璃花は、お嬢さま育ちの唯一の欠点というんでしょうか……少々おっとりしすぎてましてね。結婚を具体的には考えていないようなんですの」

「まだお若いですからね」

そりゃそうだろうと頷く大輔に、耀子は上品に顔をしかめる。

「ぼやぼやしているとあっという間に歳を取ってしまいますわ。あたくしはのんきに構えて瑠璃花の価値を落とすつもりはありませんの。今なら十歳年が上でも、十分な条件の独身の男性がいらっしゃいますが、三十近くなれば望むような方はなかなか見つかりません」

耀子はその辺りは現実的な判断をしているらしく、口調に力がこもった。

「それに、こう申しあげてはなんですが、四十になっても結婚できない男性にはなにか問題があるものでしょう」

「いえ、そうでもありませんよ。仕事に打ち込んでいる間に気づいたらそうなっていたとか、諸事情で結婚に消極的だったとか、そういう場合も多いのです」

今は昔のようにご近所さんがあれこれ世話をした時代とはちがう。問題がない人間でも、出会いがない場合だって十分にあるのだ。

愛・燦々にもたくさん在席している四十代以上のクライアントを、大輔は庇《かば》う。だが耀子はぎりぎり下品には見えない冷笑を浮かべた。

「本当に仕事のできる男性は、ちゃんと結婚もすると思うんですの。どちらか一方にしか力を注げないのは、やはり人として力不足じゃありませんこと？　すくなくとも瑠璃花にそういう男性は必要ありません」

反論を許さない断固とした口調に、大輔は耀子の手強《てごわ》さをまざまざと感じる。

金を払うからにはとりあえず条件を釣りあげてみようというクライアントなら、根気よく現状を解き明かせば軟化する。自信がないクライアントなら、励ましてすかして、結婚へ前向きな気持ちを抱かせることも可能だ。

だが、これほど独自の価値観に凝り固まった人間を相手にするのは大輔も初めてだった。

（どこの貴族だよ……）

胸の中でこらえきれずに呟いてしまう。

完璧な条件が幸せな結婚を約束するわけではない。時間の経過で条件などいくらでも変わっていくのは大人の想像力があればわかる。

でも、一番問題なのは、ここに当事者がいないことだ。

母親がどんな条件を揃えようと、結婚する本人から直接聞かなければニュアンスがわからない。

もし娘も心からそう思っているならば、大輔としてはできる限り条件を満たす相手を探すか、希望に添えない場合は断るしかない。

それもこれも本人次第だ。

「お母さまのお気持ちは十分わかりましたが、結婚は当事者のものです。こちらといたしましても、お嬢さまにお会いしないことには話が進められません」

「瑠璃花はあたくしの決めたことに従いますわ。学校も、習い事も、全部あたくしが選びましたの。それで一度だってうまくいかなかったことはございません。ですからあたくしが決めるとおりにしていれば間違いないとわかっておりますから」

なんでもないことのように言う耀子にぞっとする。

菜々子の両親も、耀子と似た世界を生きていたが、もっと柔軟に娘の幸せを考えていたと思う。だから菜々子は自分で進学先も友人も、失敗したとはいえ結婚相手も選べたのだろう。

耀子と対していると、自分が菜々子の両親とかみ合わなかったのは、自分に根性が足りなかったからのような気がしてきた。

「おっしゃることはよくわかりました。お嬢さまがお母さまを信頼なさっていることも十分理解いたしました。お母さまのお話だけですばらしいお嬢さまということも、わかります。ですが、お見合い、結婚にいたるまでには形式が大切な場合もございます」

大輔も引きずられるようにセレブ語を使って、ことさらに腰を低くして言う。

「形式……？」

「はい、儀式と言ってもよいのですが、つまり和久井さまの場合、弊社が仲人《なこうど》ということになります。仲人というからには、一度お嬢さまにお会いしなければ事が始まりませんので」

笑顔を精一杯、顔に貼り付けて、大輔は耀子を説得する。

三日後に耀子が娘を連れてくるという約束を、ようやく取り付けたときには、素顔まで笑顔になったような気がした。

耀子には手こずったが、瑠璃花本人が来ればどうにかなるはずだと、大輔は希望を持っていた。


「……和久井瑠璃花です……」

だが三日後、母親と一緒にやってきた瑠璃花は、大輔の希望を打ち砕いた。

晩秋の虫ですか、というぐらい小さな声で名乗り、頭を下げた女性に大輔は目を瞬く。

色白の小さな顔にふんわりとカールした髪がよく似合い、肌理の細かい肌をした小さな顔に大きな目が、上等な陶器の人形のように見える。

(見るからに、いいところのお嬢さんだな)

お茶を運んできた、地味めの亜佐美とは別の生きもののようだ。

どちらがいいとか悪いとかいう話以前に、生きている世界がちがう。

もし仕事を一緒にするのならば、断然亜佐美がいい。

ぱっと見はかわいらしい印象の瑠璃花だが、不自然なくらいに表情が薄いのが気になった。

弓削も若女の面に似た風情で表情が少ないものの、感情をコントロールする芯の強さが伝わってくるが、瑠璃花から意志のある熱があまり感じられない。きれいに装っているというのに、一時間後に忘れてしまいそうな輪郭のぼんやりとした娘だ。

予想とあまりにもちがう瑠璃花に大輔は焦りさえ感じた。

「お母さまから一応のお話は伺っていますが、こういうことはご本人の口からきちんとお聞きしないと正確なところがわかりません。まず瑠璃花さんが結婚について、また結婚相手についてどういうお考えをお持ちか、お聞かせください」

気を取り直して質問にかかる。

「……結婚……ですか……」

大輔の視線に怯えたように俯いた瑠璃花は、まるで息のような声を洩らした。

「難しく考えなくて大丈夫ですよ。たとえば明るい家庭にしたいとか、友だちのような夫婦がいいとか――」

「……私は……」

瑠璃花は少しだけ大輔に視線を向けたものの、すぐに下を向く。それでも微かに迷う様子が浮かんだことに気がついて、大輔はさらに押す。

「背が高い人がいいとかスポーツが得意な人がいいとか、そういうことでもいいんですよ」

なんとかして会話に持ち込もうとする。この仕事に必要なのはなにより根気だと思う大輔は、腹を据えて答えを待つ。

だが、大輔の根気を台無しにしたのは、付き添ってきた耀子だった。

「ですからね、大和田さん。この間申しあげたとおりですのよ。そうでしょう？　瑠璃花さん」

覗き込むようにして言葉を押しつけてきた母に瑠璃花はすーっと表情を消して、置物のようになる。

「瑠璃花さん、同じでもいいのでご自分で言ってみてください」

「同じことをお聞きになるのは時間の無駄ですのよ。無駄をすればしただけ、瑠璃花の価値が下がってしまうのをお忘れにならないように」

なんとか粘ろうとする大輔を、耀子はぴしゃりと遮った。

（たかが一時間や二時間で価値が下がるなんて、あなたの自慢の娘は鯖《さば》ですか？）

そんな啖呵《たんか》を切ることはもちろんできないまま、あとは耀子の独擅場で、瑠璃花は相づち以外なにも言うことはなかった。

「あのお母さんをなんとかしないと、どうしようもないです」

さすがにひとりでは手に負えず大輔は面談後、所長室で桜沢に状況を打ち明ける。

「やっぱり」

「やっぱりって、知ってたんですか？」

訳知り顔で頷いた桜沢に大輔は聞き返した。

「あの、和久井耀子さんはこの業界じゃすごい有名人。娘の瑠璃花さんが二十歳になったときから相談所に登録しまくってるのよ」

「二十歳から？　どうしてですか？」

「どうしてって、娘によりよい結婚相手を見つけるためだって、本人はそう言ってるわ」

顔をしかめて桜沢は、ピーピー鳴くマツイヒデキのケージに近づいた。

「マツイとヒデキは雄同士だけどすごく仲がいい。ペットショップにいたときから他の鳥に見向きもせずに二羽で毛繕いをしてたぐらいよ。ね、マツイ」

桜沢は軽くマツイに笑いかける。

「鳥でさえパートナーは自分で選ぶっていうのに、あの人は娘にそれを許さない」

「そんなの、誰か止めないんですか？　父親だっているじゃないですか！」

表情がなかった瑠璃花の様子にいまさら胸が痛んで、大輔は声をあげた。

「無理ね。夫もあの妻の暴走をコントロールできなくて、仕事が忙しいのを理由に放り出して、滅多に家にももどらず愛人の家に入り浸り。耀子さんがあんまり何度も問題を起こすから、調べた人がいて、業界内では公然の秘密になったの。他人の秘密を探るのは悪かったけれど、こちらも自衛しなくちゃならないほどあの和久井さん母娘《おやこ》は強烈なのよ」

「……いろいろと酷い話ですね」

「そうね、夫がそうだから、娘の結婚に夢中になるのか、娘にかまけているから夫婦関係が上手くいかないのか。どっちが先かはわからなければ、娘にとってはいい迷惑よ」

大輔の驚きに引きずられずに、桜沢は淡々と言った。

「それはともかく、瑠璃花さんがなんでもできるのは本当らしいわ。ピアノでもバレエでも、料理でも勉強でも習ったことは、すぐにこなせる。見た目もとても愛らしい……期待以上の娘に母親が夢中になっちゃったのね。ほら、結構あるじゃない？　アイドルのステージママとか、すごいスポーツ選手の両親が子ども以上に張り切って、子どもの重荷になってしまう話」

「ええ……耳にはします。でも、瑠璃花さんは普通のお嬢さんですよ」

「親にとって子どもはみんな特別なのよ。でも客観的な部分ももちろんあって、現実と兼ね合いをつけるのに、耀子さんはそれができてないのよ。瑠璃花さんもある意味黙っているのが楽なんでしょうね。言われるがままみたい」

桜沢にしては珍しく憂鬱そうな表情をした。

「そんなふうだから結婚も決まるわけがなく、耀子さんは相談所を渡り歩いているの。でも娘さんの様子を見かねた女性カウンセラーが、耀子さんに、結婚相談所ではなくてまず心理カウンセラーに相談したほうがいいって言ったのね」

「俺もそう思います」

大輔は深く頷いて同意を示す。

「誰でもそう思うみたいね。でもその親切心が仇《あだ》になったわけよ」

桜沢は腕組みをして、難しい顔を見せた。

「〝自分に腕がないのを棚にあげて、客の頭がおかしいことにした。できる娘に同性が醜い嫉妬をした〟と言って耀子さんはその相談所ごと訴えたのよ」

「えっ……」

「耀子さんはアメリカで生活していたこともあるって言うから、訴訟には馴れているのね。でも日本では、結婚相談所が訴えられたらその事実だけで商売としては成り立たないの」

「そうでしょうね……その相談所はどうしたんですか？」

「示談ということにしたわよ。でもそれ以来、和久井耀子さんと瑠璃花さんは、ブラックリスト入りの逆ＶＩＰよ。しかも女のカウンセラーは娘に嫉妬するからという、被害妄想も甚《はなは》だしい理由で男性カウンセラーを指定して、条件ばかりを釣りあげていく。金を払えばなにを言ってもいいってもんじゃないわ。お客さまは大切だけれど、神さまじゃない」

「ですよね……」

どんな商売でもそうだが、信用を失ったらやっていけない。ましてや人の繋がりをつくる結婚相談所ではすぐに致命傷になる。

この先、耀子と瑠璃花を相手にする上で、なにかあったらどうしようと不安が膨らんでくる。

「俺、どうしましょう。なにかやらかしたら……」

「そうね。それは困るわね」

大輔の不安をいっそう煽るように桜沢は顔をしかめる。

「だから、この先は適当にやってちょうだい」

「適当？」

桜沢とは思えない無責任な言葉に、大輔は素っ頓狂な声をあげた。

クライアント相手に時に無礼とも思えるぐらいの意見を述べる桜沢だが、それはなんとか結果を出そうとする熱意の表れだ。どんな無謀な条件を出してくる相手でも、投げ出すのを見たことはない。

その桜沢があっさりと切り捨てるのが本心とは思えない。だが桜沢の顔に冗談を思わせる笑みはなかった。

「適当って……どういうことですか？」

「どこの相談所も匙《さじ》を投げて、出禁になったクライアントなんて爆弾でしかない。どうしても断れないルートからの紹介じゃなければ会うつもりもなかったわ。あたしの腕をもってしても難しい案件だもの。娘さん本人が結婚したいんじゃなくて、母親が自分の望む結婚をさせたいだけなのよ。うまく行くわけないわ」

　桜沢は顔をしかめた。

「和久井さん母娘にはできれば穏やかにこの相談所を見限ってもらいたい。……ごめんなさいね。大和田くんを騙した形になったけれど、最初からそう伝えればあなたはきっと、それをうまく隠せないと思ったのよ。最初に会ったときから正直な人だったもの」

　思い出したように桜沢はうっすらと笑う。

「和久井さんは前回も今回も真剣に話を聞いてもらえて満足しただろうし、こちらとしても十分に誠意を示したつもり。そのうち自慢話に飽きたら、ここでは駄目だとまくし立てて出ていくわ。いつもそうだという話よ。それまで我慢してくれればいいから」

「桜沢さん……」

　桜沢さんを、勝手な人だし、我が儘な人だと思う。けれど仕事にはいい加減な人ではないはずなのに、自分を頼ってきた客を見放せというのが納得できなかった。

　だが大輔のもやもやと不満を勘よく察した桜沢が鋭い視線を大輔に向ける。

「あたしには愛・燦々の経営者として、ここを絶対に守る責任があるの。今、引き受けているクライアントもいるし、あなたたちスタッフもいる。ここからの紹介で結婚した人に誇りに思ってもらえるような会社でいなくてはならない。万が一、愛・燦々を畳むとしても、きちんと納得できる形でやめる義務がある。たったひとりの客に掻き回されるわけにはいかないわ」

桜沢はきっぱりと言い切る。

「医者でも心理学者でもないあたしに、和久井さん母娘の問題を解決することはできない。できないとわかっていることに手を出すのは、問題を大きくするだけ。だから諦めてもらう。それしかないの——なんとかしてあげたいとは思うけれど、それはあの娘さんに結婚相手を紹介することで解決する問題じゃないもの。解決できる人がいるとすれば、耀子さんの夫であり、瑠璃花さんの父親である男性しかいないわね。召還魔法でも使えるといいんだけど」

冗談に紛れさせてはいるが、口調は真剣だった。

今、愛・燦々が潰れれば大輔はまた無職だ。弓削も戻るところがない。

紹介を待っているクライアントもいる。ひとりのために全てを犠牲にはできない——それが責任者としての桜沢の判断なのかもしれない。

(桜沢さんがそう考えるなら俺は従うしかない)

言葉を呑んだ大輔の代わりとでも言うように、コザクラインコの鋭い鳴き声がした。見ると、誰かを探すようにとまり木を左右にちょこちょこと動いている。

「あの子たち、弓削くんがいないと機嫌が悪いのよね」

「そうですね」

「鳥だって、ああやって自分の気持ちを言えるのにねえ……」

珍しく言葉を濁した桜沢は、ふうとため息をついた。

「ああ、もう、マツイとヒデキが所長をやってくれないかしらね。そうしたら言いたいことを言ってもらえるのに」

(今以上に何を言いたいんだ……?)

だが今の桜沢に、さすがにそんなツッコミはできない。

「とにかく、和久井さんのことは、桜沢さんの言うとおりにします」

これ以上桜沢の気持ちを乱したくない大輔は頭を下げて、奥の部屋を出る。

「悪いわね」

背中に聞こえてきた桜沢の言葉に、かすかな苛立ちが滲んでいた。

彼女は不本意な気持ちを抑えて、所長としての義務を果たそうとしている。

その姿勢には敵わないという思いを噛みしめながら事務室に戻った大輔は、その途端、すごい勢いで振り返った亜佐美にぎょっとした。

「……どうかしたの?」

椅子の背中に引っかけてあった大輔のスーツの上着を握りしめて、なにを驚いたのか、裂けるほど目を見ひらいている。

しかも頬がまっ赤でうっすら汗までかいていた。

「あ……あ……あっと……」

珍しく言葉を詰まらせた亜佐美に大輔も奇妙な気持ちになりながら、落ち着かせるように笑いかける。

「それ、邪魔だったかな？　ロッカーに入れておけばよかったね」

大輔のさりげない言葉に亜佐美は深く息を吐いて、ぎこちなく笑い返した。

「……ちょっと、引っかけて落としてしまったんです。すみません」

それだけでは足りないと思ったのか、おずおずと付け足す。

「大和田さんが奥の桜沢さんのお部屋にいる間に、郵便局に行ってました。急いで戻ってきたんですけど、ごめんなさい」

「ああ、そうだったの」

だから頬が赤く、息が切れているのかと納得して、大輔は彼女の手から上着を受け取った。

「留守番を頼まれていたのに、本当にすみません」

「気にしないで。今度からそういうときは所長室に内線を入れてくれればいいよ」

そう言いながら大輔は上着を受け取った。

＊

耀子と瑠璃花だけが大輔のクライアントではない。

しかも桜沢が「飽きるのを待つ」と断言したからには、こっちから積極的に動く必要はない。

　桜沢についていくことを決め、割り切ることを自分に課して、大輔はあの母娘を自分の中から押し出した。

　だが大輔の熱い決意に水を差すように桜沢は、ホワイトボードの自分の名前の横に『ヘアサロン』と書き込む。

「またですか。この間行ったばかりじゃないですか」

「この間のはネイルサロンよ。ヘアは髪、ネイルは爪。あとクリニックは病院、これぐらいは覚えておいて損はないわよ。というわけで、あとはよろしくねー。今日はもうなにもないでしょう」

　呆れる大輔を軽くいなした桜沢がうきうきと出ていった。

「桜沢さんもああ言ったし、今日は早く上がっていいよ」

　今日のノルマを終えた空き時間で鉛筆を削っている亜佐美に声をかけた。

「でも、まだ時間がありますから、布巾を洗っておきます」

　律儀にそう言った亜佐美は、小さなキッチンに立って布巾を洗いだした。

（ほんとに真面目だな。どうしてこれで就職が決まらないんだろう。人事に見る目がないんじゃないのか？）

　やがて布巾を洗い終えた亜佐美が、机の上まできちんと片付けて時間どおりに退社する。

　肩の力が抜けないその若く真摯な背中を、大輔は割り切れない思いで見送った。

なにかしてやりたいけれど、大輔にはどうすることもできないことだ。就職を紹介できる人脈も権力もない。

——できないとわかっていることに手を出すのは、問題を大きくするだけ。

(結局そういうことだ。うまいことといくように祈るしかない)

桜沢の言葉を目の前の教訓にしながら、大輔は警備アラームのセットと施錠をして、事務所を出た。

だが駅の改札を抜けようとしたときに定期入れを忘れたことに気がつく。

「冗談だろう……」

せっかく定時であがったのに、がっかりする。

財布はあるからこのまま切符を買って帰るという選択は可能だ。

「でも明日の朝もまた切符か……」

ラッシュの時間帯に切符を買うことを考えただけでうんざりした。

「戻りますか……」

ため息と一緒に呟いてとぼとぼと事務所に戻る。

「めんどくさい。自業自得とはいえ、とてもめんどくさいんですけど」

ぶつぶつと呟きながら事務所にたどり着いた大輔は、ドアの鍵穴に鍵を差し込んだとき、違和感を覚えた。

「開いてる？　まさか」

定期は忘れたが、鍵は忘れていない。

出るとき、不審者の侵入を感知する警備会社のアラームもセットしたが、その音は聞こえない。

「桜沢さんかな……」

おそるおそるドアを開けると、奥の所長室から灯りが漏れている。

これはきっと桜沢だ。自分と同じでなにか忘れ物をしたのだろう。

「桜沢さん」

声をかけながらその扉を開けた瞬間、資料用のキャビネットを背に振り返った人の姿に声を呑んだ。

「……伊藤さん……」

蛍光灯の灯りに照らされた顔は真っ白で、唇が震えていた。

わなわなと震える彼女の手から書類が滑り落ちて、ばさばさと床に散らばる。

力任せに引っ張られたらしく、開け放たれたキャビネットの扉の鍵が歪んでいた。

——思い切り強く引くと鍵がかかっているのに、開いてしまう……。

まさか、聞いていたのか？

人というのは、安易に信用してはいけないものなのか。

愕然としながら、自分の足もとまで流れてきた書類を屈んで拾いあげた。

「これ、クライアントの資料じゃないか……」

やっと我に返った大輔は、硬直している亜佐美がばらまいた書類を全て拾いあげた。

「どういうことかな、伊藤さん」

真面目一方の亜佐美が何故こんなことをしたのか、本当にわからない。

だが、亜佐美は見たこともないほど意固地な目をしてなにも言わなかった。

想像もつかなかった彼女の一面に驚きながら大輔は答えを求めてばらまいた書類を見た。

(全部男性だ……放送局勤務、広告代理店……出版社……マスコミ関係の人間ばっかりだぞ……)

奇妙な悪寒をこらえて大輔は亜佐美を見つめた。

「なにをするつもりだったの？」

視線を揺らしたものの亜佐美は唇を噛んでなにも言わない。

真面目さは頑固さの証でもあったのだと思いながら大輔はさらに尋ねる。

「まさかコピーしてないよね？」

その言葉にあからさまに亜佐美の視線が流れて、大輔の疑いを裏付けた。

「コピーを出して、伊藤さん」

それでも動こうとしない亜佐美に、大輔は屈み込んで無理矢理に視線を合わせた。

「これは犯罪だ。会社として見逃すわけにはいかない」

まだ正式に社会に出ていない人間には厳しい言葉だと思ったが、未熟だからこそ、少しでも先に社会に出た人間として教えなければならない。

彼女自身が、もうすぐ社会に出る人間だからこそ、今、見逃すことが優しさにならないと大輔は思った。

大輔に見つめられた亜佐美は、目を潤ませる。

「もう一度言うよ。コピーを出して、伊藤さん。そして何故こんなことをしたか理由を話してください」

強い口調で大輔はもう一度言った。

「……っ」

大輔の追及に不意にしゃくり上げるように息をした亜佐美は両手で顔をおおい、文字どおりしくしくと泣き出した。

たしかに犯罪などと言われたらショックなのはわかるし、泣きたくなる気持ちも理解する。

けれど我を忘れて泣きじゃくるでもなく、まるで両手の指の間からこちらを窺っているような様子は、大輔を冷えた気持ちにさせた。泣けば許してもらえるとでも思っているのだろうか。

泣いている女性にこんな気持ちを抱く自分が冷たい人間になったような気がして、我ながら嫌な気分になる。

けれど泣いたからといって、なんでも許されるわけではない。この愛・燦々のスタッフとして優先されるものが、大輔にはあった。

こみ上げてくるいろいろな思いをぐっとこらえて、大輔はひたすら亜佐美が泣き止むのを待った。

「……っ……く……」

やがて根負けしたように亜佐美が泣き止んで鼻を啜った。

両手を下ろし、大輔を見あげた目は『許さないなんてひどい』と言っているように、反抗的な光が見えた。

「泣いて許してもらえるのは赤ん坊だけだ。君はもう立派な大人だし、アルバイトとはいえここの社員だ。社会人として責任があるんだよ」

「きれい事は言わないでください！　私がかわいかったら許すくせに！」

亜佐美はいきなりとんでもないことを叫んだ。

「誰も私なんて見てないのに、誰も私なんて相手にしないのに、いつだって責任だけ取らせるんだから！」

両手でスカートの裾を握りしめた亜佐美は、何かのスイッチが入ったように理解不能なことを叫ぶ。

「伊藤さん……ちょっと……」

落ち着いてと言うのもちがう気がして大輔は、亜佐美がなにかに向かって呪詛《じゅそ》のように叫ぶのを眺めるしかなかった。

最後に「私なんて、誰も相手にしてくれないのに――」と呻き、亜佐美は床に膝をついた。

「伊藤さん……」

全ての力が抜けたように立ちあがらない亜佐美に付き合って大輔も屈み込んだ。

「なにがあったの？」

力になる、などと安易な約束はしないが、聞かずにはいられなかった。

「――私、アナウンサーになりたかった」

叫んだ反動で気が抜けたように亜佐美は投げやりに言った。

「でも、私はきれいじゃないから受からないんですよ。スタイルも悪いし」

「スタイルとか関係あるの？」

テレビ局によっては華やかな容姿を好みそうな感じもあるが、全部が全部そういうことはなさそうな気がする。だが、亜佐美にすごい目で睨み返された。

「あるんですよ！　知ってますか？　就活のエントリーシートに全身写真が必要なんですよ！」

「嘘だろう……」

「嘘じゃないですよ！　大学のミスコンで優勝した経歴がある子が断然有利だっていうのは、公然の秘密みたいに言われてます。私なんて書類選考で落とされてばっかりだから、きっとほんとのことなんです」

皮肉な笑みを浮かべて亜佐美は捨て鉢な口調で吐き捨てる。

亜佐美の口調に現実感がありすぎて、実際に経験していない大輔はすぐにはなにも言えなかった。

「おまけに私の家はお金もなくて、大学へ行くのが精一杯だった！　ピアノもバレエも習ってない。なにもできない、取り柄がないんです！　私、和久井さんみたいな家に生まれたかった」

「和久井さん？」

いきなり出てきた爆弾クライアントの名前に驚くが、亜佐美は真剣な顔だった。

「あのお嬢さん、ピアノもバレエもお茶もお花もできるって、お母さんが自慢してましたよね」

あれだけ自慢を垂れ流していたのだから、お茶を運んできた亜佐美が聞いていても仕方がない。

「私だっていろいろやればもっとちゃんとした女の子になれたはずです。お金があれば、いい服をいっぱい着て、高い化粧品を使ってヘアサロンにも行って、きれいだって思われたはず。世の中って不公平すぎます！」

（いや、ちゃんと学校は行かせてもらっているだろ。それじゃ足りないのか）

だが大輔の思考より早く亜佐美は自分の気持ちを叩きつけてきた。

「だから、私、そういう仕事の人とつきあおうって思ったんです。そうしたらマスコミに就職した女の子にも勝てるって思いました。結婚したい人たちなら、私でもなんとかるはず……行きつけの喫茶店で隣に座るとか会社にメールするとか、きっかけさえあればなんとかなるはずだって。私だってやればできるって見せたかったんです——」

「勝つって……」

——女の子はたくさんお勉強をして、立派な女の人にならないと駄目なんだって。今、頑張らないとママみたいに失敗するの……。

どうして誰も彼も、たったひとつの価値観で自分を追い込むのだろうか。

亜佐美の言っていることは絶対にちがう。それだけはわかるのに、それをはっきりと伝えることができない。

「それに私、書類を持ち出すつもりなんてありません！　コピーをちょっと取っただけです」

彼女はすごい勢いで挑みかかってくる。

「コピーだって書類だ。君の言っていることは屁理屈だよ」

さすがに大輔は声が尖るが、亜佐美はいっそう頑なな顔をつきになるだけだった。

頭のいい子だから、本当はわかっているのだろうが、認めることができないのだろう。

「見るだけです！　第一、仕事中に見るのと何が違うんですか？」

「伊藤さん……」

聞けば聞くほど理屈の通らない言い草に、大輔は腹が立つよりもなんだか悲しくなってくる。今の自分に向き合えないことが、彼女を迷路から出られなくしている。

「仕事をする上で知った情報は、仕事以外では使わない。どんな理由があっても、自分のために使わない。それができて初めて社会人と言えるんだよ」

「……私を社会人にしてくれないのは、社会のほうです……私は頑張ってるのに、誰も認めてくれないいんですから」

それはもちろん違うと大輔は思う。

「君がこういうふうに世間を甘くみているからだと、俺は思うよ」

大輔は亜佐美の顔から目を逸らさずに言った。

「社会人になりたいのに、子どもでもいたい。両方のいいところがほしいと思っているうちは、誰も君を受け入れないだろう」

「……そんなこと……」

ぐっ唇を噛んで痛みを堪えるような顔をした亜佐美を、さすがにこれ以上は追い詰められない。

けれど自分の思いをきちんとした言葉にできない自分がなにより情けなくて、大輔はそれ以上亜佐美を追い詰められなかった。

「とりあえず、今日は帰りなさい。そして自分がやったことをよく考えなさい」

依怙地《いこじ》な態度を崩さない亜佐美からコピーを取り戻して、大輔は話を終えた。

亜佐美が出ていった事務所を片付けてから、大輔はもう一度セキュリティをセットして施錠もしっかりと確認して、事務所を出た。

定期入れも持ったけれど、もはや、まっすぐ帰る気になれずに大輔は梅真光院へと足を向けた。

＊

「毎回駆け込み寺にしてすまん」

そう頭を下げた大輔の顔色からトラブルを読み取った典親は、問いただす前に酒を勧めてくれ、無言で付き合ってくれる。

やがて酒が回ってきた頃、大輔はついさっきのトラブルを打ち明けた。さすがに今日はあれこれとぼかす気分になれず、ストレートに語る。

「オフレコだ、悪いな」

さんざん言ったあとにそう付け足した大輔に典親が屈託のない表情で頷く。

「坊主なんてオフレコのほうが多い話ばっかり聞くから、聞いたら忘れる。これは一種の職業病だ」

独特の言い回しで気分を軽くしてくれる典親に、今回も甘えることにする。

「俺は彼女をいい子だと思った。そりゃあ女優みたいな美人とは言えないし、雰囲気も地味だ。だけど一般人が女優みたいに華やかである必要なんてないだろう？　それに真面目で仕事がしやすかったよ」

「それは大切だな。美人でも使えない同僚より、仕事のできる真面目な同僚がいいに決まってる」

「だろう？　彼女は言葉遣いもちゃんとしているし、字もきれいだ。仕事ぶりも丁寧だし、気もきく。トイレ掃除だって嫌がらない。いい嫁さんになるだろうなって思うようなきちんとした娘だよ……それじゃあ駄目なのか？」

「駄目なんだろうな」

自分が今まで大事だと思っていたことはちがうんだろうかと揺れる心が、典親の言葉でいっそう乱れる。

「彼女にとっての価値は、華やかで、誰もが振り向くような人間であることだ。おまえや俺みたいなおっさんにいい子だなんて思われることじゃない」

「おっさんで悪かったな」

なんとか茶化してそれだけを言うと、「そうだな……」と典親も薄く笑った。

「おまえの気持ちはわかる。俺も『きちんとした娘』のどこが悪いっていう、おまえの考えがまっ当だと思う。きっとその子もどこかではそういう気持ちもあると思うんだ……でも、周りと競いあっているうちに、だんだんそれを忘れてしまったんだろうな」

典親は感慨深い目をする。

「若いととくにそういう気持ちになる。足りないことばかりが気になる。俺たちだって十代の頃は、もっとこうだったらとか、ああだったらいいなとか、つまらないことで一喜一憂したたろう？」

「そうだな。勝手にライバルと決めた相手より足が短いだけで切なかった」

「誰だってそんな覚えがあるもんだよ。俺も小学校のときに寺の息子だというだけで、クリスマスは祝っちゃ駄目だと訳知り顔の学級委員に言われて、人生に絶望した」

笑った典親は真顔に戻って話を続ける。

「それでも、俺たちはそのたびに友人とか親とか、教師とか、なにか手本を探して乗り切ったはずだ。俺ががっくりしたそのときだって、メリークリスマスって言わないでクリスマスケーキを食えばいいんだ、そうすれば祝っていることにならないと教えてくれたクラスメイトだった小林くんには、未だに感謝している」

「冴えてる友だちだ」

「ああ、そうだ。つまり、自分の疑問に対して、自信を持った答えをくれる誰かがいればいいんだ。自分の価値がわからなくなったとき、全てを手に入れなくても幸せになれることを、大人は伝えるべきだ」

典親は静かな口調で、会ったこともない亜佐美を気の毒がる。

「きっとその彼女には揺るぎない見本を見せてくれる人がいないんだ……二十一だろう、まだまだ手本が必要だ。だとしてももちろんそういうことに手を染めない人間がたくさんいる以上、彼女を庇えない。だが、俗世は若い子には誘惑が多すぎるから気の毒ではある。考える間もなく走っている間に、道に迷ってしまうんだろうな」

そう言って、しみじみと酒を飲む典親を見ていると不意に大輔に奇妙な考えが浮かぶ。

「なあ、典親。おまえ、彼女の手本になってくれないか？」

「はあ？　俺は競馬好きの生臭坊主《なまぐさ》だぞ。おまけに傘寿の女性に言い寄られるぐらいに俗世の匂いがぷんぷんだ。若い子に説教なんてごめんこうむる」

「別に説教をしてほしいわけじゃない、むしろもっともらしい説教なんてしたらふて腐れるよ。普段おとなしくて真面目なだけに、俺を睨んだ顔はすごかった」

「まあ、女はみんな身中に夜叉を飼ってるから――というのは、父の言い草だが」

そう言う典親に、正座をした大輔は畳に手をついて頭を下げた。

「今回のことは、俺のせいでもある。俺がスーツのポケットに事務所の鍵を入れたまま放置していたときに、彼女は合い鍵をつくっていた。それにセキュリティ解除の補助カードを、誰でも手に取れる場所に置いていたのも俺だ。桜沢さんは、彼女に気を許していなかったのに、俺が甘かった」

――真面目がいきすぎると他人が許せなくなって、踏み外しちゃうってあるんじゃないかしらねえ。

真面目なのに報われないことがおかしいと焦り、目的をどうしても達成しなければ負けたと感じて規範をはみ出してしまう。それがぴったり仕立てすぎた服が破れるということなのかもしれない。

相変わらず桜沢は鋭い目をしていたと、今になればひしひしと感じる。

「まあ……誘惑が目の前にあるから手を出していいなんて悪党の論理だけどな……」

苦笑した典親は、それでも「わかった」と頷いた。

「毎朝うちの墓廟《ぼびょう》と本堂の掃除、来客へのお茶出しや片付けをしてもらう。それでよければ来てもらってかまわない」

承諾をしてくれた典親に大輔はもう一度、深々と頭を下げた。

＊

翌日、事務所に行った大和田は、出勤してこない亜佐美に桜沢のいる前で電話をかけた。

電話の向うでぶすっとしているようで、ろくに返事もしない亜佐美にかまわず、大輔は「すぐに出勤しないと、桜沢所長と一緒に警察に行きます」と通告し、電話を切った。

「警察ってどういうこと？」

驚く桜沢に、大輔は頭を下げる。

「昨日ちょっと揉めてしまったんです。あとで説明しますから、ここは俺に任せてもらえませんか」

「セクハラ、パワハラの類なら任せられないけど」

「神に誓ってちがいます」

「神さまは信じてないけど、大和田くんは信じるわ」

そう言った桜沢は、不機嫌と不安が交じり合った顔で亜佐美が出勤してきたときにも、なにも言わなかった。

自分からはなにも言わない亜佐美に大輔は席に着くように言った。

「今から和久井さんがいらっしゃるから、お茶をお願いします」

罪を犯した人間は、罰を先送りされるのが余計辛いらしく、普通の仕事を頼んだだけなのに亜佐美は唇を白くして頷く。

（やっぱりなんとかしてやりたいんだよなあ……）

自分にできないことに手を出すのは問題を大きくするという桜沢の意見はもっともだとは思うが、鍵をコピーされたことに気づかなかった自分にも、多少の責任があると思えば、放り出すのも辛い。

尼寺での修業ではないが、梅真光院でしばらく競争社会から離れれば、芯はまともな子だろうからなにかを摑むかもしれない。

（そこに賭けてみよう）

応接室で向き合った和久井母娘に大輔はどんよりした気持ちになる。

微かでも希望が見える亜佐美に比して、こちらはお先まっ暗だからだ。

――和久井さん母娘にはさっさとこの相談所を見限ってもらいたい。

桜沢の言うことはよくわかるし、スタッフとして従うつもりだが、自分から喧嘩をふっかけることはできない。さりとて聞き流すのも性に合わない。

震える手でお茶を出した亜佐美が応接室を出ていくのを合図に、大輔は自分から口を開いた。

「お嬢さまのお相手として商社勤務の方をご希望ということですが……」

大輔はメモを確かめる振りをして自分の気持ちを落ち着ける。

ここから先、耀子がなにを言おうと、笑顔で言うべきことを言おう。

「たとえば、そういう方とご縁があった場合、覚悟はできていますか？」

「覚悟って、なんでしょうか？　大げさですこと」

わずかに柳眉《りゅうび》を持ちあげたものの、希望が優先されたことに耀子は機嫌よく尋ねる。その隣で着飾った瑠璃花は相変わらず置物のように座っているだけだ。

「お嬢さまは、お母さまをとても頼りにしているとお見受けしますが、たとえば結婚相手が海外に赴任された場合、妻としてひとりでやっていかなければいけません。その場合、お母さまがそばで結婚生活をサポートすることはできませんが、よろしいですか？」

気遣う言葉をかけながら大輔はにっこりとする。

「大丈夫ですわ」

耀子も負けじと艶やかに笑う。

「あたくしも海外暮らしをしておりましたから、海外生活でのもてなしの心得もよく知っておりますの。そのときは赴任するまでに瑠璃花のそばでいろいろ教えるつもりですのよ」

それは大変に迷惑です――と口に出さずに突っ込む。

できたばかりの夫婦は、一部、テリトリーを争う敵みたいな面もあると大輔は思う。互いの呼吸を合わせたいい相棒になるには時間が必要だ。その戦いの途中でどちらかが実家から勝手に兵力を増強するととたんに炎上する。

(失敗した俺が言うんだから間違いない)

無駄な自信を胸に大輔は「そうですか」と話を続ける。

「優秀な社員であればあるだけ、そのまま海外支社で勤めあげるとか、外資からヘッドハンティングされるということもありますよね。でもそのときはお嬢さまも、お母さまの手がなくても立派にホステス役がこなせるようになっているでしょうけれど」

嫌みにならないように、大輔は爽やかに言い切る。

「狭い日本を出て、海外で力を試したいという野心の強い高学歴高収入の男性に、瑠璃花さんのように優秀な内助の功を発揮できる女性は大人気になるはずです。家庭と人付き合いを任せて心置きなく力を発揮できますからね。子どもの国籍も選べますし、理想的でしょう」

「それは駄目ですわ」

耀子は慌てて口を挟む。

「一生海外なんてあり得ません。やはり日本人は日本で暮らしませんと」

海外で日本女性のすばらしさをアピールするんじゃなかったのか――というツッコミを

大輔は笑顔で飲み込んだ。

「なんといってても瑠璃花はあたくしを頼りにしておりまして見放せませんの。心の支えと言いますか……やはり母親はそばにいてやりませんと」

耀子が隣の娘に笑いかけると、瑠璃花は一瞬拒絶するように俯いた。だがそれは、本当にわずかの間で、大輔が瑠璃花をずっと注意深く観察していたからわかっただけだ。

おそらく耀子にはわからなかっただろう。

実際耀子は微かな雰囲気の変化に気づくことなく、勝手に話を進めてきた。

「それでしたら、やはり転勤のない職業がよろしいですわね」

「はあ……いろいろありますが、たとえばどういうのをお考えですか？」

「お医者さまですわね。大学病院勤務だと転勤もございませんし、ホームパーティーもございますし、教授たちの奥さまとのお付き合いもありますでしょう。瑠璃花にふさわしいんじゃないでしょうかしら」

ホームパーティーをやり、奥さまたちの付き合いもある医者——それはちょっとドラマの見すぎではないだろうか。

大輔が小さい頃から世話になっていた医者は、地域の夏祭りで金魚掬《すく》いの担当をしていたし、奥さんは汗だくでチョコバナナをつくっていた。あれも一種のパーティーと考えてもいいのだろうか。

「はあ……大学病院ですか……大学病院も異動がありますよね。とくに国立だと日本全国に異動するんじゃないでしょうか。もちろんよく知りませんが、医療ドラマで東京の国立大学病院から地方の国立大学病院へ異動を命じられる場面がありました」

耀子がドラマから得たらしい妄想でくるなら、こちらもドラマと小説で得た知識で対抗するしかない。

「それに医師も優秀になればなるほど、引き抜きも多いんじゃないですか。国境なき医師団に身を投じる方のドキュメンタリーを見たことがありますよ。しっかりと人生の目的を持ったすばらしい方でした。そういう優秀な人を助ける妻というのは、日本のみならず人類の宝物みたいなものですよね、瑠璃花さんなら——」

「そんなことは許しません！　そんな身勝手はあり得ません！」

大輔が全部を言い切らないうちに、耀子は金切り声をあげた。

瑠璃花がふっと母を見た目には奇妙な快哉《かいさい》に似た表情がよぎる。

「ですが和久井さん、瑠璃花さんが結婚したら、瑠璃花さんはあなたの娘であるより先に、配偶者との関係が優先されるんです」

大輔の言葉に瑠璃花の目にふっと明るい光が差すが、耀子が食ってかかる。

「親子であることには変わりございませんわ」

「おっしゃるとおり、変わりありません。ですが結婚して新しい戸籍をつくるということは、親から庇護《ひご》される立場ではなくなるということです」

瑠璃花と、そして同時に自分にも言い聞かせるつもりで大輔は続ける。

「個人の決断に関与できるのは、その人が選んだ人生のパートナーだけです。娘さんが結婚したら、娘さんの一番のパートナーは夫となる人で、お母さんではありません。頼まれもしないのに、夫婦のことに口を出すのはルール違反です」

大輔の口元を見つめていた瑠璃花がなにかを呟くように唇を動かした。

だが耀子は立ちあがると、瑠璃花の腕を摑んで引きあげた。

「大和田さん、あなたでは話になりませんわ！　きちんとした相手も探せないのに、偉そうなことばかり言うなんて、ほんとに最低の相談所ですこと！　無能なスタッフを相手にしている時間はありませんわ！　こんなところ、二度と来るものですか！」

あくまで上品な口調で大輔を罵《のの》った耀子は瑠璃花の手を引いて応接室を出る。

事務室にいた桜沢が神妙な顔で頭を下げた。

「女の所長さんなんてほんとに当てになりませんこと。スタッフひとり、きちんと教育できませんのね」

「失礼をいたしました。ですが大和田は優秀なスタッフだと、私は信頼しております」

静かに答えた桜沢に瑠璃花が微かに頭を下げたように見える。

だが耀子はできる限りのスピードで瑠璃花を連れて、戸口へと向かう。

慌てて扉を開けようとして立ちあがる亜佐美の前を、瑠璃花を連れた耀子が横切った。

あまりの勢いにおどろいたコザクラインコたちが、ケージの中で闇雲に羽ばたき、警戒を呼びかけるように高く鳴いた。

気の強いマツイが、ヒデキの前に翼を広げ、耀子を威嚇する仕草で嘴《くちばし》を動かした。

「事務所にお遊びで鳥なんて飼っているような相談所ですもの、碌《ろく》なものじゃないことは最初に気がつくべきでした。こんなにいい加減な相談所が高いお金を取っているのは詐欺ですわ。私、訴訟も考えさせてもらいますから！」

鳥にまで刃向かわれたことで怒りが増幅したのか、耀子が眦《まなじり》を釣り上げた。

「それは困りますわ。和久井さま」

静かに言った桜沢をせせら笑うように耀子が唇を引き上げた。

「詐欺まがいの結婚相談所など潰れて当然ですことよ」

「……ママ、もういいわ……」

さすがにまずいと思ったのか、瑠璃花が母の手を引く。だが耀子はその手を振り払って言いつのる。

「あたくしはやると言ったら必ずやりますわ。覚悟しておくことね」

「お言葉を返すようですが、そんな覚悟はできませんので、迎えの方をお呼びしました。そろそろいらっしゃるころだと思います」

にっこりと桜沢が微笑んだとき、ノックの音に続いて入り口の扉が開いた。

(誰だ？)

なんとも言えない表情で入ってきた男性を大輔は上から下まで眺める。

(五十代前後かな……すごく金持ちそうなんですけど)

長身を包む高級スーツに靴。情けない表情だが、顔立ちも端整で知性を感じさせる。いかにもハイソサエティな雰囲気だ。

「あなた……どうして……」

「パパ……」

耀子と瑠璃花の呟きに、大輔はぎょっとして桜沢を見た。

まさか桜沢さん……ほんとに召還したのか？

あ然とする和久井母娘と大輔を尻目に桜沢は男性に頭をさげた。

「おいでいただきましてありがとうございます。和久井さま」

「来ないといろいろ大変なことになると脅されたからな」

顔をしかめて吐き捨てた和久井に、桜沢はあっさりと頷く。

「はい、奥さまは気に入らない結婚相談所を訴える癖がおありです。弊社がお気に召さずに訴えるなどとおっしゃられると困りますので、先手を打たせていただきました」

「あなたは困るでしょうけれど、あたくしは全然困らないことよ。あなた本当に馬鹿なのね！」

不仲の夫が来たことでいっそう感情が昂ぶったらしく、耀子はキンキンとした声で桜沢を罵った。

「訴えられれば、こちらも和久井さまに関することを全て、公に話すことになります。それでは和久井さまもお困りでしょう……私もこの会社を守らなければなりませんので」

含みのある口調で桜沢が言うと、和久井がすっと顔つきを変えて、桜沢をじっと見た。

「さすがに所長をやっているだけある……したたかだな」

言葉では答えずに桜沢は軽く頭をさげた。

「帰るぞ。耀子、瑠璃花」

和久井が妻と娘を呼ぶが、耀子は顎を突き出して夫に食ってかかった。

「今更、あなたの言うことなんて聞けませんわ！」

「ママ……せっかくパパが来てくれたんだから、帰ろう……ね？」

必死な目をした瑠璃花が母の手を引いた。

その仕草に大輔は泣きたくなる。

愛人の家に入り浸って滅多に会えない父でも、自分を振り回す母でも、瑠璃花には大切な家族なのだ。

父が迎えに来てくれたことを素直に喜んで、母をなだめようとする健気さに胸が詰まった。

「和久井さま、耀子さま」

三人を見ていた桜沢が口を開いた。

「私どもは結婚相談所ですから、ご家庭の問題にあれこれ口を出すことはできません。ですが一つだけ、私の経験から申し上げたいことがあります」

六つの目に見つめられながら桜沢は動じない。

「幸せな家庭から巣立つ方は、幸せな家庭を作ることが上手です。理由は簡単ですわ。幸せな家庭がどういうものか知っているからです」

三人の顔を桜沢は等分に見つめる。

「子どもに結婚生活で苦労をさせたくなければ、資格を身につけさせたり、相手を探すことよりも、温かい家庭の意味を教えることが一番だと、私は常々そう考えています」

桜沢の言葉は大輔の胸にも染みこむ。

自分たちの行いが、香奈にどんな影響を与えるかを考えると取り返しのつかない失敗をした気持になる。

「……帰るぞ、耀子、瑠璃花」

桜沢の顔を見ながら和久井がもう一度言うと、瑠璃花に手を引かれた耀子が側に行った。

小さく頭をさげて、和久井に従って扉から出て行く瑠璃花に、大輔は声をかける。

「瑠璃花さん！」

母親の手をしっかりと握っていた瑠璃花が振り返った。

「いつかご自分で、真剣に結婚を考えて、弊社の力が必要になったら、今度は〝おひとりで〟おいでください。お待ちしております」

あ……と一瞬唇を動かした瑠璃花は、もう一度頭を下げると大輔の視界から消えていった。

三人の足音が消えると、大輔は思わず深い息を吐いた。

鳥たちも何事もなかったように、二羽で毛繕いを始める。

亜佐美は白い顔をして扉を閉めて、桜沢は肩をすくめた。

「あとは本人たち次第ね」

「そうですね……ていうか、桜沢さん、和久井さんのご主人をどうやってここに呼んだんですか？」

おそるおそる尋ねる大輔に桜沢は「電話したに決まってるじゃない」とあっさり答える。

「入会の書類で勤務先はわかるでしょ。だから、ここに来てねってお願いしただけよ」

「お願いって……簡単に聞いてくれたんですか？」

「社会的な地位のある人は保身で頭がいっぱいなの。悪い噂が立つかもしれません……って言ったら、一応確認に来るものなのよ。ましてや妻と娘を放り出しているっていう罪悪感があるし」

ふふっと笑った桜沢に、大輔のほうが怖くなる。

「それって脅しじゃないんですか？」

「だって、召還魔法が使えないんだから、仕方ないじゃない」

明るく言った桜沢にもう何も言い返すことができずに大輔はため息をつくに留めた。

「それより大和田くん、瑠璃花さんに最後、結構きついこと言ったじゃない？　大和田くんにしては迷いがなかったけど、どういう心境の変化かしら？」

「俺、わかった気がするんです」

大輔は桜沢にまっすぐに向かい合う。

「自分の考えや価値観がないうちは結婚できません。どんなに資格を持っていても、習い事をしていてもそんなものは幸福とは関係ありません。他人の評価が価値だと思っているお母さんに従っている瑠璃花さんは、まだ結婚すべきじゃありません。彼女だけではなく相手の方も幸せになれません」

大輔の話を聞いていた亜佐美がびくっと背筋を伸ばす。

「子どもに習い事をさせることだけが、親の役目だとは思いません。それを通じて、努力の意味や、正しい価値観を身につけさせることが大事なんです。道に迷ったときに、進むべき道を自分で切り拓く力をつけてやるのが親の役目だと、俺は気がついた気がします」

そう語る大輔の脳裏には「疲れてるの」と言った香奈の顔が浮かんでいた。

あの日のことを手紙に書いて、菜々子に送ろう。弁護士から文句が来てもかまわない。自分は香奈の親だ。香奈のことを心配してあたりまえだ。

離れてしまったけれど、いつだって香奈は心の中にいる。

同じ年頃の子ども見れば、香奈を思い出すし、泣いていたりすれば娘も同じように泣いているかもしれないと、あらぬ心配で心が痛む。

香奈の幸せを願う気持ちは、誰にも負けない。

けれど願っているだけでは、何も変わらない。今できることをしてやろうと、大輔は自分を奮い立たせる。

子どもがやがて迷わずに歩けるようにしてやるのが親の義務なら、大輔も担わなければならない。感じたままを伝えれば、菜々子だって親だ。きっとわかってくれるはずだ。

大輔は自分を奮い立たせた。

「今日の大和田くんはどうしたの？　迫力あるわねえ」

言葉では茶化しながらも優しい目をした桜沢に、大輔は少し照れた。

「いや——ちょっと、親として目覚めたんですよ。できそこないですがこれでも一応親なんで」

一連の騒動の間、亜佐美は壁を背に身動きもしないで立っていた。

顔色は白く、怯えているように見える。

その亜佐美に、大輔は向き直った。

「伊藤さん、俺は君がいい子だと思うからチャンスをあげたい」

「あ……あの……」

亜佐美がちらっと桜沢の顔を窺う。

「桜沢さんはここの所長だから、昨日の件はあとで報告する。けれど俺が責任を持って、君に、挽回のチャンスをくれるようにお願いするよ、ただし一度だけだ」

大輔の言葉に口を挟まずに、桜沢は腕組みをして成り行きを見守っていてくれる。

「俺の友人に寺の僧侶がいる。残りのアルバイト契約の期間中、君はそこを手伝いに行きなさい。それで今回のことは相殺《そうさい》しよう。この条件が飲めないなら、出るところに出てもらうよ」

最後は脅しのようになってしまったが、亜佐美はペナルティが与えられたことにほっとしたように「すみませんでした」と頷いた。

＊

復帰した弓削はもう一週間も、ひたすら書類の整理をしている。

「ごめん、弓削くん。途中でバイトもいなくなって、しっちゃかめっちゃかに忙しくてさ。ほんと悪い」

隣で大輔は手を合わせて詫びながら拝む。

「大丈夫です。愛・燦々で僕の存在価値があるのが実感できて嬉しいです」

愛想のない口調で言われると嫌みかとも思うが、気にして纏わり付いても弓削の邪魔になるだけだと察して、大輔は自分の仕事に戻る。

桜沢はまた以前のように所長室から出てきて、のんびりと雑誌を読んでいる。

「やっぱり大和田くんはまだまだ半人前だわね。マツイヒデキにも舐められて、掃除も大変だったわあ」

大輔がてんてこ舞いでも指一本動かさなかった桜沢だけには言われたくない。

それでも亜佐美のことを報告したとき、「彼女を雇ったのはあたし。最終的な責任はどうしたってあたしにあるわ」と言って譲歩してくれた桜沢には頭が上がらない。

もっとも仕事に関して確固とした責任を持つ桜沢は、亜佐美が起こした一件を書類に起こし、誓約書にさせた。さすがに亜佐美は渋ったが、当然、桜沢は認めなかった。

『申し訳ありませんでした。悪いのはわかっています——資料に載っていた情報も誰にも言いませんし、その人たちに絶対に近づきません。だから……』

まるで前科がつけられるような気持ちだったのだろう。なんとかサインを拒もうとする亜佐美に桜沢は静かに言った。

『サインはしたくない？　自分が悪いことをしたっていう証拠になるものね。大和田くんには、自分は悪くないって言ったみたいだけれど』

亜佐美の頬がかっと赤くなる。

『……それは言葉の弾みで、本当は悪かったとは思っているんです。なのにどうしてここまでしなくちゃいけないんですか？』

『あなたを社会人だと認めているからよ』

桜沢が亜佐美を見つめながら言い切る。

『伊藤さんは、愛・燦々のスタッフの一員です。アルバイトだろうが、正社員だろうが、あたしにとっては大切な仕事仲間。信用できない人は雇いません。その信頼を裏切って、会社に損害を与えかねない行為をした場合はペナルティがあるのは当然じゃないかしら？』

桜沢が全面的に亜佐美を信頼していたわけではないことを大輔は知っていたが、それを亜佐美に言葉や態度で匂わせたことは一度もない。今の言葉に嘘はないことを大輔は信じた。

それだけに怒りを表に表さず、互いの立場を言い聞かせる彼女の口調には胸にずしんと響いてくる重みがあった。

亜佐美もそれは感じたらしく、反抗的な表情がすーっと消えた。

『……私は、桜沢さんの信頼を裏切ったんですね』

唇を震わせながらも、亜佐美は声を絞り出した。

『あたしだけじゃなく、一緒に働く大和田くんもね』

『――すみません。そんなつもりじゃなかったんです――嘘じゃありません。悪いとも思っていました。だから就活が駄目なんだって意味のことを大和田さんに言われたときも、悔しかったけど、本当のことだとわかってました……でも私、ほんとに、ほんとに、なんてことをしちゃったんだろう……』

周囲の人のことを考えたとき初めて、彼女は自分したことがどれほど重大だったかを悟ったらしい。唇の色を失うほど青ざめた。

『社会人になりたければ、自分のすることにもっと責任を持ちなさい』

桜沢の言葉に亜佐美は泣き出すのをこらえるように、唇を噛みながら頷く。

『会社のトラブルは経営者の責任になるの。だから責任の所在を明らかにするために、経営者としてトラブルの詳細書類が必要なのは、わかるわね？』

そこで桜沢は言葉の調子を少し和らげる。

『学生のあなたにはまだわからないかもしれないけれど、会社の信用ほど大切なものはない。あなただってスキャンダルが出た会社に就職したくないでしょう？　だからあたしは、わざわざ今回のことを外に言いふらして、自分の会社の価値を落としたりしません。そこは信用してくれていい』

無言で自分を見つめる亜佐美に桜沢は懇々と言い聞かせる。

『あたしは、あなたのしたことを言いふらしたり、将来も脅したりはしない。責任を取るのが社会人なら、一度許した相手を意味なく裏切らないことも大人の証なの』

『大人……ですか』

『ええ、そうよ。あなたはあたしに信用してほしいんでしょう？　だったらまず、あたしを信用してもらわなければ絶対に無理よ』

瞬きもせずに言った桜沢の凛とした口調と眼差しに、亜佐美の表情が覚悟を決めたような大人びたものに変わった。

『すみませんでした。責任は取ります』

そう言った、彼女はしっかりとした文字で書類にサインをした。

あのときの凛々しい桜沢と今の桜沢が同じ人とは思えないが、女は身中に夜叉を飼っているという、典親の言葉が当たっているのだろう。

自分がため込んだ書類の整理に没頭する弓削の代わりに、大輔は郵便物の処理を始めた。

「あ――この葉書、俺宛て……」

ペン習字のような文字は差出人を見るまでもなく亜佐美からのものだ。

典親の話では、父親の住職が「典親、あの娘さんを嫁にもらえ」と言うぐらい亜佐美はよく働いたらしい。

その真面目な雰囲気が寺にやってくる年配者に好まれて、梅真光院に来る客の茶の相手をひっきりなしにしたという。梅真光院にいたのはたった二週間ほどのことだが、彼女がいなくなって寂しがる人もいたと聞いている。

――礼儀正しいし、派手じゃないしな。年長者には非常に受けがよかったぞ。しかも、いい子だ、いい子だ、かわいいって年上の檀家さんに褒められているうちに、彼女もみるみる明るくなった。女性は褒めるとどんどんきれいになるっていうのは本当だな。俺にはちょっとめんどくさい話だが。

内緒だけれどと、典親はそう大輔に報告しつつ笑っていたが、きっと亜佐美も自分の価値を発揮できる場所があることに、気がついたにちがいない。

場所が変われば評価も変わる。

人は誰でも望まれる場所がきっとある。そこに行けばいいのだ。

――あんな騒ぎを起こしたとはいえ、根は律儀な子だったから礼状だろうかと思いながら大輔は葉書の裏を返した。

『前略

その節はありがとうございました。

梅真光院にお世話になり、いろいろな方とお話をして、自分の考え方がとても狭かったことがわかったような気がしました。

心機一転で受けた保険会社から内々定をもらえましたことを、御礼かたがたご報告させていただきます。大和田さんにお会いできたことを、今は心から感謝しています。

愛・燦々の皆様のいっそうのご活躍をお祈りいたします。

早々』

短い文章から滲む落ち着いた喜びに安堵しながら、ひと回り小さな文字で書かれた追伸に視線を走らせる。

『追伸　典親先生の剃髪に萌えました』

真面目なようでいて、やはり若い。

いや、もしかしたら彼女の中に余裕が生まれた証なのかもしれない。

(よかったな。典親、若い女性に萌えられて)

今夜早速この朗報を伝えてやろうと思いながら、大輔はにんまりと笑った。

エピローグ

指定された青山にあるカフェテラスに入り、大輔は辺りを見回した。

（あ……いた）

午後の柔らかな日差しを受けながら、窓際に腰を下ろした女性に大輔は目を留める。

大輔が彼女に気がつくのと、向こうがこちらを向くのは同時だった。

はっと目を瞠った菜々子が軽く会釈した。

「……久しぶり……」

近づいたものの元妻へ呼びかける名前を咄嗟に思いつかずに、大輔は言葉を濁した。

「久しぶり、大輔さん。どうぞ、座って」

菜々子はためらわずに、大輔の名を呼んだ。

向かいの席に座って大輔も菜々子と同じ紅茶を頼んだが、いきなり会話が弾むわけもない。とりあえず紅茶を手に、大輔は外を眺めた。

菜々子と別れて、会社も辞め、やさぐれることを決めた日、喫茶店の窓から見たのは八重桜だった。

いつの間に秋の景色に変わっていたのだろうか。

「時間が経つのって早いわね」

大輔の気持ちを読んだように、菜々子が言った。

「……そうだな」

十日前、菜々子に香奈のことで手紙を書いたが、まさか直接連絡が来るとは考えてもいなかった。季節が変わるように、菜々子にも気持ちの変化があったのかもしれない。

「香奈ね、バレエがすごく上手よ」

菜々子が優しい声で切り出した。

「自分でもそう言っていた。レッスンがすごく楽しくて、発表会でいい役をもらえたんだって嬉しそうだった」

「そうなの。親ばかかもしれないけれど、バレエに向いているのね。発表会でも拍手をたくさんもらったわ」

そう首を傾げて菜々子が微笑んだときに、秋の日差しが艶やかな髪に小さな輪を作る。娘のことを話す菜々子は、生来の整った容姿に温かい優しさが加わり、まぶしいぐらいにきれいだった。

恋人時代や新婚時代ならすぐに「きれいだね」と言えた。そんな軽口など簡単だったのに、どうして大事なことは言えなかったのだろうと思う。そして、今となっては言葉を選んでしまう。

「……そうか、よかったな」

「ええ……よかったわ。でもね、ピアノの発表会はさんざんだったのよ。みんなをがっかりさせたって、香奈ったら泣きそうになって謝ってきたわ……」

　菜々子は頬に手を当てて困った顔をした。

「……どうして？　体調でも悪かったのか？」

　子どもの失敗一つ慰められなくて謝らせる菜々子たちを責めるより、香奈が心配だった。大輔は身を乗り出して聞き返す。

「ううん。そうじゃないわ。……あなたが手紙に書いていたとおり、香奈は疲れているんだと思うわ」

　大輔の目を見て菜々子は言った。

「親の欲目だとは思うけれど、香奈は飲み込みが早くて、何をやっても成果が出るの。父も母も、祖父も祖母も香奈に夢中よ」

「あ、ああ……うん」

　菜々子が両親と祖父母の呼び方をさらりと変えていることに驚いて、返事が詰まった。

「私たちは香奈を大切にしているつもりでいたけれど、香奈は疲れて当然よね。あんな小さな身体で五人分の愛情を受け止めているんだもの」

　菜々子の声が少し揺れた。

「香奈は自分が大切にされていることがわかってるんだよ。子どもなりに感謝もしている。だから君たちの期待に応えようと一所懸命なんだ」

「ええ……」

「君が以前から言っていたとおり、子どもにいろんなチャンスをやるのは、悪いことじゃない。チャンスがなかったばっかりに、心がねじ曲がってしまうことだってある」

――私だっていろいろやればもっとちゃんとした女の子になれたはずです。

伊藤亜佐美の振り絞った声が蘇る。

「……大輔さん」

少し驚いたように菜々子の声が高くなった。

「君たちが香奈を愛してくれているのを疑ってはいない。でも、機会を与えたことだけで満足してはいけないと、俺は思う。一番大切なのは、それで香奈の心が豊かになるかどうかということじゃないか？」

別れても香奈の父と母であることに変わりはない。その事実に勇気づけられるように、大輔は菜々子の目を見て語りかける。

「バレエもいいし、ピアノもいい。みんなから期待されるのだって悪いことじゃないさ。だから頑張れるというのは必ずある。けれど、それが負担になったら駄目だ。香奈はまだ五歳だ。それを跳ね返すには子ども過ぎる」

テーブルに手をついて大輔は頭を下げた。

「一緒にいない俺が言うのは納得できないかもしれないけれど、いないからわかることもあるんだ。香奈を頼む。……香奈は君の大事な娘であると同じく、俺の宝物だ。香奈を幸せにしてやりたいんだ。そのためなら俺はどんな協力でもする」

さげた頭にふわっと何かが触れたような気がする。

顔をあげたときには、菜々子の手は膝の上にあった。

(指？　菜々子？)

「ありがとう、大輔さん」

菜々子の頬に浮かんだ微笑みは、幸せな頃に見たものと似ている。

「あなた、少し……ううん、随分変わったわ」

「……そうか？　年食ったかな」

首を傾げる大輔に菜々子は面白そうな眼差しで何も言わず、静かに席を立つ。

「今度、バレエの発表会のときには連絡します。来てくれると香奈が喜ぶわ」

「……あ、ああ……もちろん。必ず行くよ」

菜々子が引き寄せた伝票を慌てて取り上げると「ありがとう。ごちそうさま」ともう一度微笑んだ菜々子は、踵を返して出口へと向かった。

(……菜々子、なんだか変わったな)

相変わらずすらりとした後ろ姿を見送りながら大輔はそう思った。

自分では気がつかないうちに、互いに変わっているのだろう。

もしも、結婚しているときにこんなふうに思えたなら、上手くいったのだろうか。

日差しの中を歩いていく菜々子の横を、今でも一緒に歩けたらどんな気持ちだったろう。

三百六十五日のうち、一月しか快晴の日がなくても、やはり結婚生活はいいものだと思うのではないだろうか。

むしろ晴れの日を作るために頑張ろうと考えるかもしれない。

(桜沢さんの言う、燦々と陽が降り注ぐような結婚生活を送るって、そういうことだったのかな……毎日晴れじゃなくても充分じゃないか……)

自分は多くを望み過ぎたのかもしれない。

変えられない過去をあれこれ思う自分をおかしく思いつつ、大輔は残った紅茶に口をつけた。

「大和田さん！」

物思いに耽りながら窓の外を眺めていた大輔は、驚いて声の方向を振り仰ぐ。

「ああ……っと……三橋さん」

「はい。三橋です。覚えていてくれましたか」

はきはきと言い、三橋は大きな目を輝かせて嬉しそうな顔になる。

(今の今まで忘れていたけど、顔をみたら思い出した……)

げんなりした気分を表に出さずに大輔は挨拶をする。

「お元気そうですね。今日は……お仕事ですか？」

濃紺のパンツスーツをぴしっと着こなした姿は休日というふうには見えなかった。

「そうです。ここで取材していました」

「大変ですね……いい記事になることを願っています」

当たり障りのない口調でそう言いながら、大輔は立ちあがる。

「じゃあ、私はこれで――」

他人行儀に距離をとろうとする大輔にも三橋はめげずに追いかけてきた。

「大和田さん、今度、愛・燦々を取材させてもらえませんか？」

「え？」

思いもかけない言葉に、大輔は足を止めて振り返った。

「私が想像していた結婚相談所っていうイメージと違ったので、とても興味があるんです」

「イメージと違うというのは、どういうことですか？」

その好奇心が溢れる眼差しは不快ではなく、大輔は丁寧に聞き返した。

「私が想像していた結婚相談所は、結婚に夢をみさせる場所でした。少し贅沢な調度品とか、お洒落な壁紙とか花とか……どこまでも優しいスタッフとか」

そこで三橋はいたずらっぽく笑った。

「愛・燦々はそんな私の子どもっぽいイメージを根底から覆してきたんです。殺風景な事務室に、おかしなインコ。そして極めつけは口の悪いスタッフ」

「……そう……ですね」

大輔は苦笑するしかできなかったが、率直な口調は彼女に似合っていると思った。

「でもすごく優柔不断な男性にでも、あっという間に結婚を決めさせることができる。それってすごい技ですよね。その秘訣を是非知りたいんです。きっと面白い記事になると思うから」

生き生きと話す三橋に、あれこれと恋に振り回されていた気配は微塵もない。

(誰でも変わるんだな……)

今までそれに気づかなかったことに不思議な気持ちで大輔は答える。

「残念ですが、弊社は所長の考えで、新聞や雑誌、そのほかどんなマスコミにも宣伝をしていませんし、取材も受けていません」

「そうなんですか？　それで人が集まるんですか？」

「ええ、集まります。うちの相談所は特別ですから」

大輔はきっぱりと言った。

「取材は受けられませんが、婚活のご相談ならいつでも承ります。愛・燦々は皆様の幸せをいつも願っています」

そう告げた大輔は、三橋に会釈をして歩き出す。

もうじき冬が来るだろう。

けれど何故か、大輔の心は春を待つように浮き立っていた。

了

あとがき

お初にお目にかかります。鳴海澪と申します。

本作をお手にとってくださり、誠にありがとうございます。

するにしても、しないにしても、多くの人が一度ならず考えるのが「結婚」というものではないでしょうか。

今回は「結婚したい」場合のお話です。

熱烈な恋をして結婚する人、友人から夫婦になる人、紹介された相手とゴールインする人、婚姻にいたる形は人それぞれで、結婚を決める理由もまた千差万別だと思います。

年頃になればどこからともなく現れて、それなりの人を紹介する。いわいる「仲人《なこうど》」的な人がほとんどいなくなった現在、時代に必要とされた「仲人」の一つの形が結婚相談所なのかもしれません。

そこではなにが起こっているのか？　悲喜こもごもというところでしょうが、スタッフの苦労は想像にかたくありません。

本作の結婚相談所、〝愛・燦々〟でも毎日が戦いのようなものです。

豪快すぎる桜沢所長に、やさぐれ中にスカウトされた大輔、芸術に生きるアルバイトの弓削と、〝愛・燦々〟のスタッフは三者三様ですが、全員真剣に仕事に取り組んでいます。クライアントに無事結婚相手が見つかり、かつそのあとも幸せな生活が送れるようにと、心から願って日々業務に励んでいます。応援してやっていただければ幸いです。

温かく心癒やされるカバーイラストを描いてくださった細居美恵子先生、本当にありがとうございます。大輔と桜沢が今にもそこで動きだしそうな気持ちになりました。

そして度重なる書き直しに根気よく付き合い、ご指導くださった編集のみなさま、ありがとうございます。特に凹みきった私を慰め叱咤しつつ、完成に導いてくださった濱中さんには足を向けて眠れません。また、刊行に関わってくださった全てのみなさまに、この場を借りて御礼を申し上げたいと思います。

最後になりましたが、この本を手にとってくださったみなさまには、改めて心からの感謝を捧げます。結婚というものに右往左往しながら新しい人間関係を作ったり、考え方が変わっていったりする過程に興味を持っていただければとても嬉しく思います。

長々とお付き合いくださり、ありがとうございました。

鳴海澪　拝

この物語はフィクションです。
実在の人物、団体等とは一切関係がありません。
本作は、書き下ろしです。

鳴海澪先生へのファンレターの宛先

〒101-0003　東京都千代田区一ツ橋2-6-3　一ツ橋ビル2F
マイナビ出版　ファン文庫編集部
「鳴海澪先生」係

ファン文庫

ワケアリ結婚相談所
～しくじり男子が運命のお相手、探します～

2016年11月20日　初版第1刷発行

著　者	鳴海澪
発行者	滝口直樹
編　集	田島孝二（株式会社マイナビ出版）　濱中香織（株式会社イマーゴ）
発行所	株式会社マイナビ出版
	〒101-0003　東京都千代田区一ツ橋2丁目6番3号　一ツ橋ビル2F TEL 0480-38-6872（注文専用ダイヤル） TEL 03-3556-2731（販売部） TEL 03-3556-2733（編集部） URL　http://book.mynavi.jp/

イラスト	細居美恵子
装　幀	徳重 甫＋ベイブリッジ・スタジオ
フォーマット	ベイブリッジ・スタジオ
DTP	株式会社エストール
印刷・製本	図書印刷株式会社

 ISBN978-4-8399-6061-2
Printed in Japan

Fan
ファン文庫

繰《く》り巫女《ひめ》あやかし夜噺《よばなし》

～お憑《つ》かれさんです、ごくろうさま～

著者／日向夏
イラスト／六七質

―とんとんからん。
紡がれる糸が護《まも》るのは…。

古都の神社に住まう、見えないモノたち。本当に怖いのは、あやかしか、それとも―。『薬屋のひとりごと』著者が贈る古都の不可思議、謎解き、糸紡ぎ。